U0638677

读·品·悟在文学中成长

中国当代教育文学精选系列

丛书主编:高长梅　王培静

飘逝的童谣

李桂芳　著

花山文艺出版社

河北·石家庄

图书在版编目（ＣＩＰ）数据

飘逝的童谣 / 李桂芳著. -- 石家庄 ： 花山文艺出版社，2013.12（2024.6 重印）
（读·品·悟：在文学中成长·中国当代教育文学精选系列 / 高长梅，王培静主编）
ISBN 978-7-5511-1523-0

Ⅰ.①飘… Ⅱ.①李… Ⅲ.①散文集－中国－当代 Ⅳ.①I267

中国版本图书馆CIP数据核字(2013)第258590号

丛 书 名：读·品·悟：在文学中成长·中国当代教育文学精选系列
丛书主编：高长梅　王培静
书　　名：**飘逝的童谣**
　　　　　PIAOSHI DE TONGYAO

著　　者：李桂芳

策　　划：张采鑫
责任编辑：王　磊
特约编辑：李文生
装帧设计：北京九洲鼎图书有限公司
美术编辑：王爱芹
出版发行：花山文艺出版社（邮政编码：050061）
　　　　　（河北省石家庄市友谊北大街330号）
销售热线：0311-88643299/96/17
印　　刷：三河市中晟雅豪印务有限公司
经　　销：新华书店
开　　本：710mm×1000mm　1/16
印　　张：8.5
字　　数：110千字
版　　次：2014年1月第1版
　　　　　2024年6月第4次印刷
书　　号：ISBN 978-7-5511-1523-0
定　　价：49.80元

（版权所有　翻印必究·印装有误　负责调换）

CONTENTS
目 录

第一辑　未来和现在

第二辑 花儿和少年

第四辑　鲜花送给谁

未来和现在

第一辑

请系上保险绳

女老师正在神采飞扬地讲课。学生们大睁着眼睛,如一群饥饿的小鸟,正翘首企盼着鸟妈妈的哺育,又像株株干枯的禾苗,正渴望着雨水的滋润。

刘雅的目光本来也是紧紧跟着老师的,像一簇明亮的聚光灯。可是,突然,她不经意瞥见了窗外的那个女人。对面教学楼外墙旁高高的脚手架上,一个女人正在吃力地攀爬着。刘雅的心随着她艰难地攀爬,被牵扯得越来越疼,像被尖利的钢针刺着,鲜血淋淋地疼。

深秋的风肆虐地刮着。女人背上吊着一根细细的保险绳,这让刘雅稍感安慰。她沿着纵横交错的脚手架,左一下,右一下,屈身,展臂,躬腰,终于爬到了终点。

在那儿,有一只涂料桶正从空中吊下来,晃晃悠悠像飘荡的秋千。女人眼疾手快,左手抓住脚手架,右手抓住晃荡的桶,将它稳稳放在了自己脚边的木板上。然后,女人站在木板上,竟小心地解开了背上的保险绳。她左手抓着脚手架的钢管,右手麻利地拿着一把大刷子,弯腰在桶里蘸了涂料,挥手在墙上涂抹。左一下,右一下,刷子不停地挥舞,女人像一个豪放派画家。片刻,墙上就是白晃晃的一片。

刘雅的心悬起来,高高地悬到了半空里。她害怕女人从那7层楼高的脚手架上突然飘下来，像一片落叶。

这样想着，刘雅的心就生生地被人撕裂似的疼。她的眼前出现了另一个女人的身影，那个让她魂牵梦萦的女人，那个每时每刻都装在她心里的女人。

想着想着，刘雅的泪水就像一眼刚刚开掘的泉水，汩汩地涌出来。开始无声无息，后来就控制不住地有了嘤嘤的声音。她索性趴在桌上，任那泪泉肆意地涌流。

"刘雅，你怎么了？怎么哭了？"所有的目光都被那嘤嘤的哭声吸引过来。刘雅被罩在惊诧和关切的目光里。女老师走上前，温柔地轻轻拍拍她抽动的双肩，爱怜地说："是哪里不舒服吗？要不要我送你去医务室？"

"不了，我自己去！"刘雅终于勇敢地抬起脸。女老师看到的是一张满是泪水的脸。刘雅擦一把泪，在女老师关注的目光里走出了教室。

她并没有去医务室，她没有毛病，是心病。那块心病，多少年都无法根除。她跑到学校的电话亭。在那里，她快速地拨通了那个熟稔的号码。那边立即传来一个女人慈爱的声音："刘雅，有什么事吗？妈妈现在正在脚手架上忙着呢，说话不方便，等会儿打给你好吗？"

"不，我就要现在跟你说话！"长这么大，刘雅第一次在电话里那么放肆地对母亲撒娇。

"你怎么了，小雅？"母亲听出了刘雅的哭声，紧张地问。

"妈妈，你系了保险绳吗？"

"没有呢，系了绳子，干活儿碍手碍脚的，不系，干得快一点儿！"母亲平静地回答。

"不，你赶快系上保险绳，赶快！"刘雅在电话里冲母亲吼道，"妈妈，你知道吗，今天，我在学校里看到跟你差不多年纪的阿姨也在脚手架上，她也没系保险绳，我担心死了！你竟然也没有系吗？妈妈，你快系上吧,我害怕!"刘雅的哭声在电话里那么凄厉无助,像个深夜里无法归家的孩子的哀哭,撕心裂肺。

"妈妈知道了,我马上系,我听你的!小雅,妈妈的乖女儿,你长大了!妈妈真为你高兴啊!"母亲在电话那头的声音哽咽起来。

"妈妈,为了小雅,你一定要记得系保险绳,每天都系,好吗?少挣点钱没关系,妈妈,我再也不乱花钱了,不要手机了,不穿名牌衣服了,我只要妈妈好好的,永远和我在一起!"

"妈妈知道了,为了小雅,我每天都系保险绳,一定的,你放心!小雅,衣服穿厚点,天冷了,别冻着!"

妈妈的声音那么温和可亲,像深秋里那一抹暖暖的阳光,立即驱散了刘雅心中恐惧和担忧的阴霾。刘雅听着,抹把泪,说:"妈妈,我知道,你也一定多保重!我要你好好的,我们都好好的!"

那天中午,刘雅特地去了工棚,找到了那个女人。她羞涩地笑了,说:"阿姨,我是这学校的学生,上午看你在脚手架上没系保险绳,我好替你担心,真危险呀。请你以后系上保险绳,好吗?"

"为什么要对我说这些呢?"女人满脸沧桑,眼角的皱纹刀刻一般。

"因为,我妈妈也跟你一样,在脚手架上干活;因为,你也有疼你的儿女!"刘雅动情地说。

下午,刘雅特地朝对面教学楼张望,那个女人果然系上了保险绳。女人背影单薄,她脑后飘散的头发在秋风里轻轻飞舞。

刘雅看着,泪又来了。

手　套

　　他不安地把成绩单递给了等待多时的父亲。看着父亲的脸色愈来愈暗，他就像一茎秋风中的枯草，瑟瑟地抖作一团。他把求助的目光投向母亲，可只看到母亲低头做着针线，满脸不安的神色。他知道母亲害怕父亲，就像小绵羊害怕大灰狼一样。特别是在父亲暴躁的时候，母亲更显得无助。

　　"看看，一团糟，干脆不学了！"出乎他的意料，父亲没有像往日那样怒吼，却猛地夺过他的书包，一下子将满包东西倒在地上。他的心提到了嗓子眼，紧张得大气也不敢出。他真希望发生奇迹，让那个东西一下子消失掉，不然……他紧闭双眼，等待即将来临的暴风雨。

　　"这不是你给妈买的手套吗？怎么装在书包里，也不给我呢？"他猛地听到了母亲那温柔而充满惊喜的声音。他吃惊地睁开眼一看，母亲正拿着那双从书包里飞出的手套摩挲着。

　　父亲激怒的脸色，渐渐缓和了下来。

　　"哦，我……我忘了给您了。妈，您看合适不？"情急之下，他随机应变撒起谎来。虽然他是答应母亲要从城里给她买双手套的，可为了心中的那个她，他早已将母亲的手套忘到脑后了。

　　母亲满脸喜色地展开手套戴起来。

突然,他想起了那手套里有一个他精心设计的小纸片儿,刚刚放松的心又高悬起来。

就在母亲戴手套的时候,那个精致的小纸片儿竟然飘飘悠悠地掉了下来。母亲瞥了他一眼,满脸惊喜地拾起来,看着看着竟泪水盈盈:"儿子,你长大了,懂得疼妈了。这么多年,是第一次送妈妈生日礼物呢!"

他心里一惊:母亲的生日!虽然,母亲每年都给他过生日,可母亲的生日他却从未想起。还好,那纸片儿上写着的话美好而朦胧,正好可以以假乱真呢,怪不得母亲都感动得哭了,那上面写着:送给我最亲爱的人——让温暖永远伴随着你……

"妈妈,祝您生日快乐!"他走上前去,拉住母亲的手说。

一旁的父亲渐渐地露出了满脸欣慰的神色。

"今天,就看在你妈的面子上,她过生日,我就不再说成绩的事了。下次,下次再考成这样,你就回来跟我们一起搞农业算了,都 17 岁的人了!你看,你看你妈的这双手像个啥?"父亲说着,上前推开他,取下母亲刚戴上的新手套。母亲那双满是茧疤和裂口的手就呈现在他的面前,像冬日里皲裂的松树皮。看着,他的泪就缓缓地下来了。

"考不考得上大学没关系,反正你是在为自己奔前途,只是,只是你该懂事了,别拿着父母的血汗钱去混日子!"留下那句话,父亲哀伤地离去了。

看父亲走远了,母亲就静静地走上前,轻轻地替他擦去满脸的泪水,将那手套塞到他怀里说:"明天到学校,把手套给那姑娘吧。"他吃惊地望着母亲,看到母亲满脸的忧郁,他羞愧万分,然后泪水不可抑制地再次涌出来:"妈,我对不起您!您打我吧!"

母亲温和地摸着他的头,半晌,叹口气,说:"孩子,妈只能帮你到这份儿上了,可你的前程妈帮不了你……""妈,您别说了,我知道错了。这手套我就送给您吧!这次儿子是真心的,真诚地祝您生日快乐!"说完,他轻轻地将手套戴在了母亲的手上。

母亲看看那一双漂亮的手套,再望望面前挺拔的儿子,笑了,眼里满是泪水……

应　　聘

母亲陪着儿子来人才市场应聘。看那儿人山人海的,母亲就有了许多焦虑,无论如何她得帮儿子找到工作。

儿子大学毕业已经在家待了半年,眼看着他的同学已经步上了工作岗位,找到了称心如意的工作。当然,其中也不乏靠父母关系的,就这一点,母亲很是内疚,因为她跟孩子他爸都是下岗工人,没有任何关系。无学历,年龄也大了,找不到工作,母亲干脆在门前街旁摆了个小副食摊,只勉强维持生计。她想,眼下,先解决儿子的工作问题再说,可儿子老是不慌不忙的,说工作迟早会有的。为这,母亲真有些生气了,所以,今天非得亲自陪着儿子来应聘不可。

终于看到一份待遇不错的销售工作,儿子的条件也挺合适的。母亲便努力地挤进密密匝匝的人群里去,好不容易帮儿子要到了一张应聘的表格。儿子接过表格,三两下就填完了。母亲接过一看,字迹很是潦草,就生气地说:"你怎么这样? 不能把字写好点吗? "儿子不耐烦地说:"我就那水平!"

母亲无奈地再次挤到了前台，要了一张表格，看看拥挤的人流，害怕挤出去难以再挤进来交表，便就着工作台，拿笔填起来。母亲的书法作品曾在高中得过奖，所以她的字写得很漂亮。

一个工作人员看她正专心地填表，凑过来，看了看说："不是你应聘吧？"母亲被身后的人流推得歪来倒去的，好不容易站稳了连忙说："不是的，我是给我儿子填的。"那人说："你儿子本人呢？"母亲不好意思地笑了说："他力气小，挤不进来。"工作人员看过母亲写的字说："你的字写得不错呢！"母亲赶紧说："我儿子写得还要好呢。"

因为表格交在前面，不多时就轮到儿子面试。母亲赶紧大着嗓子朝后面叫着儿子的名字。儿子好半天才挤进来，还边挤边抱怨说："让你别忙，你忙什么吗？"母亲朝他使使眼色，意思是在工作人员面前别乱说。

母亲和儿子被叫到另外一间小屋进行面试。工作人员问儿子："你为什么要来应聘这份工作？"刚才还和母亲流畅顶嘴的儿子，接到问题突然有些紧张起来，好半天才挤出一句话说："我需要找份工作。"

母亲赶忙帮他打圆场说："我儿子从小就伶牙俐齿的。这会儿是紧张点，他适合做这个推销工作的。你别看这孩子长得瘦，可能吃苦了。小时候吧，家里的一切家务活儿都让他给承包了，街坊四邻都一个劲儿夸他能干呢。"

工作人员又问了下一个问题："你觉得做销售工作需要具备怎样的素质？"

儿子想了半天，大冷的天，额上冷汗直冒，半天才张嘴说："我觉得只要能吃苦就行。"

母亲连忙接过他的话头，嗔怪地看了儿子一眼说："这孩子，刚才在路上还给我说得头头是道呢，这会儿就忘了？"母亲对工作人员说，"搞销售，是我儿子梦寐以求的。所以，一直以来他都有意识地在练习这方面的能力。他平时就跟我说，销售人员应该有以下素质：一是一副好口才,能为产品做详细生动的口头广告;二是有吃苦精神,能走家串户,不怕麻烦地上门服务;三是有良好的交际能力,能和各色各样、三教九流的人打交道,广泛地推销产品……"母亲毫不停歇地一口气说了10点,好多竟是工作人员从没听过的有价值的新观点。

听过母亲的介绍,在场的人都颔首微笑。母亲一看他们的微笑,心里就跟吃了蜜似的甜,她知道儿子的工作终于有希望了。于是欢天喜地领着儿子回家等候通知。

3天后,母亲终于高兴地接到了那家公司的电话。儿子也兴奋地候在一旁。然而,听过电话,母亲却呆在了那里:公司录取了她,而不是儿子!

未 来和现在

听说圆梦公司新开发了一个令人称奇不已的旅游项目,就是坐着时空穿梭机去参观自己的未来。这是一个多么富有刺激的项目,谁不想早点知道自己的未来是什么样子?

因此,自从这项旅游活动开展以来,顾客爆满,生意兴隆,业务多得应付不过来。好多人为排队等候旅游而急得喊爹骂娘,好多人在抢购门票的时候被活活挤晕。我通过各种途径,动用了全部关系,好不容易搞到了一张门票,虽然价格昂贵,可为了早点知道未来的我是什么样子,我已经顾不了那么多了。

在门口排队等候了两天两夜，我终于等来了那个激动人心的时刻。虽然导游小姐一再要求大家不要激动，先读完门口的旅游须知再坐时空穿梭机，可谁也没有耐心了。那个体形巨大、形同飞机的东西就在眼前，坐上去瞬间会到达未来奇异的世界里，这份诱惑谁能抵挡呢？所以，我根本听不进导游小姐的话，什么须知什么宣传文字，我通通没看就迫不及待地坐了进去。里面黑洞洞的，什么也看不到。我坐进去片刻，就听到了轻微启动的声音，然后感觉自己像小鸟一般飞起来了，而且越飞越快。一会儿，停下了，舱门打开了。我心情激动地走出了舱门。

天哪，真的是另外一个山清水秀的漂亮世界：花更红，水更绿，山更青。正在欣喜不已的时候，我的耳畔响起了导游小姐通过耳机传送的解说。她说："亲爱的顾客，您现在看到的是 50 年后的未来世界。您所看到的景色都是被我们公司生产的清洗剂清洗过的，所以更鲜亮，更美丽。请您再往前走，前面那栋高耸入云的大楼就是您未来办公的地方。请您进去看一下吧，不过不要打扰未来的您工作，您在旁边悄悄观察就是了。"

我兴奋地来到了那栋大楼前，抬头一看，门口赫然镌刻着这样的大字：飞腾公司亚洲分公司。门口的宣传栏里有公司领导的介绍，我竟然看到我的名字清晰地写在上面，而且是该公司的董事长。旁边还有一大版关于我的辉煌业绩的介绍。从文字中我了解到：我是一家跨国公司的董事长，拥有几十亿的资产。我的经营理念先进，管理科学有方，是全球赫赫有名的前五十强企业的老总之一。看到这儿，我简直喜不自禁。

正在这时，耳边传来了导游小姐的声音："先生，您要不要进到大楼里亲自看看未来您工作的风采呀？""我当然要看，我要看看未来的我是如何呼风唤雨，叱咤风云的。"导游小姐说："那好吧，请你按我的指点到大楼里参观。"

在导游的引导下,我成功地来到了未来的我正在工作的地方。那是一间金碧辉煌的会议厅,那个我正在主席台上口若悬河地讲着什么。我坐下一听,原来他正在进行一次投资听证和裁决会议。听着台上那个50年后的我气势恢宏的演说,看着他气宇轩昂的样子,我心中别提有多得意了。

开完会,那个未来的我又坐上了气派的汽车,来到了一座如古代帝王宫殿般豪华的别墅里。我正在担心被未来的我发现了怎么办,导游在我的耳边悄悄地说:"您现在已经被成功隐身了,他是不会发现您的,放心地参观吧。"

当从别墅里参观结束的时候,我的心里又充满了悲伤,为什么我的现在不是这个样子呢?为什么非得等到50年后才能享受到那锦衣玉食的生活呢?不过这一切心理活动被导游小姐看透了,她笑着开导我说:"先生,您想想啊,人生的辉煌也就那么些年,您不是最终要享受的吗?您的辉煌未来又不会被别人侵占。好了,您的旅游到此结束,请回去吧。"

我恋恋不舍地坐上了时空穿梭机,瞬间又回到了现在。想着未来的美好和辉煌,我比捡了金元宝还高兴。

回到家里,我一想到未来的美丽就喜上眉梢,几乎成日地沉浸在美好的想象之中,不能自拔。我再也不想奋斗了,曾经雄心勃勃要做的事业,曾经意气风发要打拼的前程,都在那次参观后化为了泡影。我想,反正未来有那么多的美好等着我去享受,我现在何必去辛苦奋斗呢?因为那公司在宣传广告里明确说了:如果50年后我不能拥有那样美好的未来,他们负责全部赔偿。

这么一想,我更加心安理得了,于是高枕无忧地开始吃喝玩乐,甚至借贷了许多钱消费,还款时间都是50年后,因为那时我有几十亿的资产呢。

时光在我的消磨中缓缓地流逝着,终于等到了50年后的那一天。

那天一早睁开眼，我以为自己肯定已经睡在那栋如王宫般美丽的别墅里，正等着仆人给我端来早餐呢。可是揉揉蒙眬的睡眼，我竟然还是清晰地躺在自己那如狗窝般乱糟糟的小屋里，更没有什么仆人来伺候我。

我气极了，马上找到圆梦公司，我得找他们打官司，赔偿我该有的未来。然而，我却受到了他们的一通嘲笑。他们说，这50年，他们一直在跟踪调查我，早已知道我的未来是自己葬送的，不属于他们的赔偿之列。

原来，50年前，在坐上时空穿梭机之前，要求每个人都必须阅读游客须知，我却只顾抢着上机，根本没读。

那上面竟然是这样写的：各位游客朋友，不管您的未来有多么美好，但是您必须立足于现在，努力奋斗。只有拼搏奋斗的人生，才会拥有美好的未来。如果，因为您的消极怠惰而造成美好未来的丧失，我们概不赔偿！

让我抱抱你

让我抱抱你，给你一份温暖！从网上看到抱抱团发出的倡议后，小雪第一个毫不犹豫地报名参加了。

这是一个飘着雪花的周末，小雪举着抱抱团特制的牌子上街了。街上真冷啊，呼啸的北风里，人们都缩着脖子，缩着手，在大街上匆匆忙忙地走着,脸上尽是疲惫和萧瑟。小雪也很冷,举着牌子的左手都感觉有些僵硬了。

站在这冷清的街口,小雪心里还是七上八下的,她有点胆怯,要是没人接受自己的拥抱怎么办?

对了,那边来了一位老奶奶。见她近了,小雪快速地走上前,热情地对她说:"老奶奶,让我抱抱您,好吗?"老人大概耳背,好半天没听明白她说什么,只疑惑地看着她,像看着一个外星来客。"是这样的,老奶奶,我是抱抱团的成员,您看这是我们的行动口号。"小雪将手中的牌子举到老人面前。那牌子上写着:请您接受一份来自陌生人的温暖——让我抱抱您吧!

幸好老人眼神不错,这下看明白了,刚才还满是狐疑的脸终于绽开了灿烂的笑容。小雪也乐了,激动地就要扑上去拥抱老人。老人却马上收敛了笑容,不客气地一把将她推开说:"小姑娘,你们收费吧?我可没钱!"小雪笑了说:"老奶奶,我们这是义务服务呢,只想送您一份温暖,不收费的。"老人这才重又展开笑颜,和小雪来了个结实的拥抱。

小雪服务的第二个对象可让她哭笑不得。那是一位颇有风韵的中年妇女。见她娉娉婷婷地走过来,小雪忙举着牌子迎上去,说:"大姐,让我抱抱您吧!"说着指指胸前的牌子。那女人一看,冷笑一声:"呵,又来一行骗的新招怎么的,我可不会上当,你抱别人去吧,神经病!"女人嘟哝一句,甩一下脖子上的围巾,拂袖而去,留下小雪好一阵地发愣。

不过还好,马上来了一位老大爷,见小雪手中的牌子,竟主动迎上来,和小雪轻轻拥抱了一下,说:"小姑娘,你就像我孙女一样,我都3年没见到她了,谢谢你!"走出老远,老人还一步三回头地给她道谢呢。

一路上,小雪那满是热情的笑容,像缕缕温暖的春风,将那一张张被生活的重担压得僵硬的脸庞吹成了朵朵灿烂的花儿。小雪自己也沐浴在人们笑的春风里,快乐着,温暖着。

不知不觉天快黑了,小雪踏上了回程的公交车。车上人真多,密密匝匝的。小雪想,要是在这儿开展服务不是更好吗?于是,她扔掉满身的疲惫,重新绽放笑颜举着牌子向人们走去。不少人被她青春灿烂的笑容所感染,不由得从座位上站起来主动和她拥抱。有老人,有小孩,有男的,有女的,每个人和她拥抱后,都换上了快乐的容颜,丢掉了满脸的疲惫和忧伤。

特别是一个农民工模样的男人,看小雪朝他走来,开始还有点拘束,不好意思地搓着手,见小雪向自己大方地张开了怀抱,便也咧开满是黄牙的大嘴呵呵地笑了,轻轻地迎了上来。小雪嗅着他满身的汗味和油漆味道,就想起了远在故乡的农民父亲,鼻子便有些酸酸涩涩的,然而看到农民工迅速绽放的快乐容颜,小雪的心里也乐开了花。

回到租住的小屋,小雪虽然感觉很累,却也很轻松:终于走出了第一步。然而,当清点东西的时候,小雪才蓦然惊呆了:钱包和手机都不见了!那可是自己打工一年来唯一的财产。钱包里有张银行卡,上面有5000块钱,是准备寄给父亲治病的,而那手机是工作需要才新买的。看着空空如也的大衣口袋,小雪真是欲哭无泪,没想到自己带着满腔热情地付出,不仅没有回报,还损失这么大。那晚,小雪伤心地哭了一夜。

第二天是礼拜天,她擦干眼泪依旧上了街。她坚信,用她的微笑和真情,是可以换回人们真诚的,尽管自己已经为此丢失了钱包和手机,但她不后悔。

那一天,小雪压着满心的伤痛,强打笑颜,依旧给人们送去了美丽的微笑和真诚的温暖。在活动中,她甚至全然忘记了自己的不幸遭遇。回到小屋,小雪又陷入了伤感,可恶的小偷,不仅没理解我的爱心,还给我带来伤害。

这么想着,她的手无意识地伸进兜里,奇怪的是,她竟然触摸到了她丢失的东西。连忙掏出一看:手机回来了,还有那个钱包! 小雪恍如在梦中。

她打开钱包,发现里面的东西竟然丝毫未损,还多了一张小小的纸条。

那纸条上这么写着:我是一个卑微的人,流落到这个城市,从来没有受到过别人的正眼相看,没想到那天被你拥抱了一下,那感觉确实很温暖。原以为你们抱抱团是在作秀,便偷了你的东西,后来发现你们是真诚的,于是把东西如数还你,对不起! 也许,哪一天,你在街上看到一个新的抱抱团成员,那就是我呢!

小雪将那失而复得的东西紧紧地贴在胸口,眼里溢满了泪花……

捡来的衣服

吃过盒饭,民工们都靠在建筑工地的短墙根东倒西歪地睡去了,像一堆未放好的乱七八糟的种苕,片刻就有了"呼噜呼噜"响亮的鼾声,此起彼伏。母亲看看他们那样儿,仿佛受到感染似的,也来了睡意。可她使劲揉揉眼睛,还是坚定地迈开了疲惫的步子,她要趁着这短短一小时的午休时间去捡垃圾。女儿还有半年就高中毕业了,读大学要许多钱,母亲只得争分夺秒地找机会挣钱。附近有个垃圾场,母亲每天中午都去那里捡垃圾。

这是个温暖的春日中午。垃圾场里空荡荡的,只有成群的蚊蝇在嗡嗡地乱叫,不时地在母亲面前飞来飞去。那里弥漫着浓浓的腐臭气味,刺鼻难闻。母亲没戴口罩,她已经习惯了那些味道。

母亲用铁钩在乱糟糟的垃圾堆里翻找着,突然,一个塑料袋子,黑色的,包着鼓鼓的东西,撞入她的视野。打开来,竟是一件鲜艳的红衣服。那衣服前胸的一小朵梅花牢牢粘住了母亲的目光。女儿梅子也有那么一件红衣服,也是在前胸的那个位置被绣上了一朵梅花。

那是前年的一天,女儿在灶间生火做饭,灶膛里溅起的火星将女儿的红衣服烧了个小洞。女儿当时嘀咕说不穿了,要扔掉。母亲听了很生气。她说,这么个小洞就扔了? 我们小时候……妈,你又来了,烦不烦? 女儿不耐烦地打断她的话。每次一说到母亲小时候的事情,女儿就腻烦。她说,都什么年代了,你还提那些干什么? 咱们同学都穿得比我好,我就这么一件好衣服,还有个洞,不穿了! 为那个小洞,女儿那顿饭都没吃。母亲也没吃,拿根针边替女儿在衣服的洞上绣着梅花,边流泪。母亲最后哭着说,梅子,如果不是你爸爸走得早,如果妈妈能够挣到大钱,会让你穿这样的衣服吗? 妈妈也是没有办法! 看到母亲哭了,女儿后来还是勉强穿上了那件衣服。

母亲拿着衣服仔细地端详。那细密的针脚,那精美的图案,的确是女儿的。看着看着,母亲的心就高高地悬起来,像被人使劲地牵扯着,生生地疼,女儿不会有什么事吧? 她的衣服为什么在这里? 前些日子,附近学校的一个女学生夜里回家被歹徒蹂躏并杀害了,衣服就扔在这垃圾场里,上面还沾满鲜血。

想到这里,母亲扔下捡来的垃圾,跌跌撞撞地跑向附近的公用电话亭。短短的一段路程,母亲觉得无比漫长。母亲的双腿发软,跑起来像踩在棉花上。一路上,母亲的脑子里总回旋着女儿不幸的画面。母亲的泪水不知不觉就淌了满脸。刚好,这些日子活儿多,母亲已经有两周没有给女儿打电话了。会不会出什么意外呢? 母亲不敢细想,只是拼命地跑着,如一阵旋风。

终于打通了女儿的手机。那手机是去年母亲给女儿买的,为了方便随时和她联系。母亲在电话里的声音有些哽咽,虽然她在竭力地控制自己的情绪。母亲说:"梅子,你还好吗……你好,妈就放心了!"说着,母亲竟然抑制不住地哭起来,那哭声像决堤的山洪,浩浩荡荡地排山倒海。

梅子在电话里惊慌地问:"妈妈,你怎么了?你到底怎么了?"

母亲好半天才抑制住哭声,抽泣着说:"妈捡到了你的衣服,是那件红衣服,在垃圾场里捡的,妈以为你……"

"妈妈,你果然在捡垃圾。"梅子在电话里哭起来,说,"我们同学说有一次看到你在垃圾场里捡垃圾,我还说是她看错了,你不是告诉我你在厂子里上班吗?你怎么……"

"梅子,话到这个份儿上,妈就告诉你实话吧。说我在厂子里上班,是怕你担心。那地方挣钱太少,建筑工地挣得多点,而且每天下班后还能捡会儿垃圾。你马上就读大学了,妈怕挣不够你的学费……"

"妈,你别说了,我知道。"顿了顿,梅子轻声说,"妈,那衣服是我不小心掉到宿舍的垃圾桶里,搞清洁的阿姨当作垃圾给倒掉的。"其实,那衣服就是梅子嫌太旧扔掉的,可此时,她怕说出来让母亲伤心。

"不小心扔了就扔了吧。那衣服也穿了 3 年,过几天,妈把这批垃圾卖了,就买件新的送到你们学校来。"母亲说。

"不用了,妈,我有两件衣服,换洗就够了。"梅子说。

"那也好,等你考上大学了,妈一定给你多买几件新衣服。"母亲打完电话,终于含泪笑了,女儿一切都好,比什么都强。

母亲捧着那件红衣服,凑到鼻子底下,轻轻嗅着,仿佛闻到了女儿淡雅的体香。不由得想,还能穿,就让我穿着劳动吧,这样等于天天和女儿在一起呢。

母亲想着,笑得更甜了,那鲜艳的红色将她苍白的脸颊映得绯红。

约会

一封封情书,一份份礼物,女孩像一只扑火的飞蛾,对男孩发起了猛烈的进攻。男孩只得答应,和女孩约会了。

那是个周末的午后,阳光暖暖的,小区的花园里姹紫嫣红,一派盎然的春意。

女孩问:"你妈妈真的没在家吗?"

"没有,她说去大姨家串门儿。她们在一起总有说不完的话,你放心,她不会回来的,至少晚上才回家!"男孩肯定地说。

女孩环顾男孩的家。那是一栋挺宽敞的房子。客厅里窗明几净,窗台上有几盆叫不出名儿的花,开得灿烂夺目,发出幽幽的香味儿,如丝如缕,沁人肺腑。女孩觉得心旷神怡。她偷偷看一眼正襟危坐的男孩,心里甜蜜的感觉,如微波荡漾的湖面。

突然,门开了,一个中年女人走了进来。

"妈妈,你怎么回来了?你不是去大姨家了吗?怎么这么快就回来了?"男孩满脸惊诧地问。

女孩犹如撞上了猎人枪口的小兔子,惊慌失措,脸上写满了尴尬和恐惧。她脸色煞白,两只眼睛吃惊地大张着。

"哦,你大姨单位有事,临时叫走了她,我只好回来了!这位是……"母亲微笑着看看女孩,转头问男孩,"怎么,来了客人也不给妈妈介绍一下?"母亲的笑像一朵美丽的花,那奇异的香味顿时驱除了女孩的不安。

"阿姨,我是周军的同学,叫孙雪。今天,我想请教几道习题,没经过您同意,就擅自来了,对不起,打扰了!"女孩没等男孩开口,抢先回答说。

"呵,多好的孩子,伶牙俐齿的,我喜欢!周军你看,你该学学她的口才!欢迎,欢迎,请坐!"母亲优雅地伸出手去,轻轻拉住了女孩刚才因惊吓而变得冰凉的小手,和她并肩坐在沙发上。

男孩笑着对女孩说:"孙雪,让我妈妈陪你坐着,我去给你们煮咖啡。妈妈,好吗?"男孩转头问母亲。

母亲笑得愈加灿烂了,她说:"怎么不好?我求之不得呢!跟孙雪聊天,一定挺有意思。"母亲轻轻拍拍孙雪的手说,"你不知道吧,你们这个同学呀,在家里可勤快了。你看,这些地板、玻璃、家具,都是他擦拭的,怎么样,干净吧?"

孙雪忙着点点头。

"还有窗外那些花,全是他培植的,每次松土、施肥、修枝,都是他的事儿。我都不知道,他从哪里学了那些知识,把花儿侍弄得如此美丽呢!"

"真聪明!"孙雪羞涩地附和说。

"还有呀,我们家里的装修设计,你看怎么样?"母亲笑着问女孩。女孩饶有兴致地环顾四周:淡雅素净的色调,别出心裁的布局,独具匠心的搭配。

"的确,大家手笔!是哪个大师设计的吧?"女孩问。

"哪里呀?这是我们家周军自己设计的!为此,他自学了装修设计课程,加上他从小喜欢美术,热衷于建筑构图,这不,全是他的功劳呢！"母亲眼里的得意，如水般流泻，无法掩饰。

"真的吗？太了不起了！"女孩由衷地赞叹说。

说话间，男孩已将煮好的咖啡端了上来，递给女孩和母亲一人一杯。咖啡浓浓的香味如蝶般在室内飘绕，女孩忍不住啜一口。鲜甜的味道，让女孩禁不住笑颜舒展。她不停地咂着嘴说："真香，你以后还可以做咖啡调味师呢！"

母亲笑了说："是呀，我的几个朋友说，这么优秀的男孩，不知道将来有什么样的女孩才能配得上他呢。我告诉她们，当然是漂亮的、能干的、聪明的、善良的，总之，应该是女孩中的极品吧。"

男孩噘着嘴，皱着眉头说："妈妈，你说什么呢？人家还是学生呢，等考上大学，事业有成了，才能说那些话呀！"

"对呀，你看我儿子多懂事！不像我们朋友那女儿，因为早恋，耽误了学业，名落孙山了才痛哭流涕。可是，青春已经流逝了。"

"是呀，应该好好学习，珍惜青春！"女孩神色紧张片刻，又舒缓了，她红了脸说。

"对了，听周军说，你的成绩挺不错哟，是个优秀的学生！"母亲转头对女孩说。

"哪里？他是在激励我吧？其实，我就是成绩糟糕，才来请教的！"女孩羞涩地说。

"不要紧的，暂时落后，可以赶上嘛，加油，阿姨相信你一定能行！"母亲真诚地对女孩说。

"谢谢阿姨，我一定会努力的！"女孩说。

"那，就让周军为你辅导吧。到书房去，那里安静！"母亲热情地说。

女孩扭捏着，想推辞，却不好意思回绝母亲满脸的热诚。她只得和男孩去了书房。

书房门大开着，男孩声音洪亮地给女孩讲解习题。女孩怎么也听不进去,她心猿意马,随时想逃离。

装模作样地讲解完几道习题后,男孩将女孩送到了楼下。

再回到家的时候,男孩一进门就对母亲嚷道:"妈妈,你真厉害,我保证,她以后再也不会约会我了! 只是,你太夸张了,我像个无所不能的孙悟空呢! "男孩笑了。

"千万别让她知道真相! 不管怎么说,你们以后还是好同学,学习上可以照样帮助她嘛! "母亲说。

"谢谢妈妈! "男孩快乐地说。

飘逝的童谣

苍山耸立,树木葱茏,百草丰茂,野花遍地。这是西南边陲一处美丽的群山。

半山腰的山崖上,一群打扮得花枝招展的小姑娘正在一边割草,一边快乐地哼着童谣:大象大象,鼻子长,耳朵大,什么东西都不怕;大象大象,身子粗,腿儿壮,站在那儿像堵墙。这是小花编的。她边唰唰地割着青草,边卖劲地哼唱着。

"小花姐,快来看,快来看呀,大象领着它们的孩子又来了! "一旁的兰子忽然停止了唱歌,惊喜地对小花喊着。

小花赶紧丢了手中的镰刀,忙跑到山崖边。果然,峡谷里,两头老象正领着一头小象朝这边走来,还边走边东瞧瞧西看看的,像在寻找吃的。"喂,小象,你好!"兰子扯开清亮的嗓子喊着。"别叫,你会吓跑它们的,看它们是饿了,让它们多找点吃的吧。"小花忙着给兰子摆手示意,让她安静点。

小姑娘们就这样静静地站在山崖上,出神地看着小象和他们的父母忙碌地找寻食物。

前些年,这道峡谷里经常会有成群结队的大象过来觅食或者嬉戏。孩子们在山崖上远远地欣喜地看着他们,就像看着自己亲热的小伙伴。可近两年,山林被一次又一次地砍伐,茂密的峡谷也开始变得光秃秃的,很难看到象群的出没了。偶尔一次,伙伴们就觉得很开心,像看到久别的朋友。有时他们在山崖上歌唱,远远地就会听到象群在峡谷里吼叫,那声音像在应和他们的歌声呢。小花是伙伴们中间唱歌唱得最好的,她清脆婉转的歌喉像美丽的百灵。那悠扬的歌声在山谷里飘荡着,乐得象群都忍不住驻足聆听呢。

峡谷出口处,就是小花家的庄稼。那天,小花和爸爸到地里给快要成熟的玉米除草。刚到庄稼地边,爸爸就跺起了脚:"天啦,哪个遭天杀的把玉米糟蹋成这样!"小花一看,地里倒伏着光光的玉米秆儿,并印满了大象的脚印,玉米和叶子被席卷一空。"原来是大象干的,这些遭天杀的畜生!"爸爸愤怒地咒骂着大象,禁不住泪眼模糊,"这些玉米全被糟蹋了,来年吃什么呀?"

小花看着伤心欲绝的父亲,轻声安慰说:"爸爸,你别骂大象了,也许它们是饿坏了,找不到吃的才这样的。"

"你,你个傻孩子,怎么还替畜生说话!要再看到它们糟蹋庄稼,我会杀死它们的!"父亲愤怒地吼叫着。小花心里很痛,为自己家的玉米被损坏,也为被诅咒的大象。

再到山崖割草的时候,小花和伙伴们商量:从半山腰割些大象爱吃的青草扔下去,让他们饱饱口福。那一次,小伙伴们累得腰酸背疼,他们割了好多好多的青草轻轻地抛下悬崖去,仿佛看到大象们吃到了,正快乐地甩着小尾巴感谢他们呢。然而,等到天黑,也没看到大象的到来。

那天夜里,小花做了一个美丽的梦,梦见大象领着它们的孩子来感谢她呢。小象和他们一起快乐地唱歌跳舞。

"砰、砰"两声枪响,惊醒了熟睡的小花。她披上衣服跑出屋外,突然听到有人在喊:"大象被打死了,大象被打死了!"

四面都是火把,模糊间,她看到了向远处山谷溃逃的象群,还听到它们恐惧而凄厉的叫声。借着朦胧的火光,她跑到山谷口一看,果然一头小象被打死了,肚子上还汩汩地冒着鲜血。小花瞪眼一看,正是那头他们平日里看见的卷尾巴小象。小花的眼泪一下子涌出来,她仿佛看到了象妈妈正一步三回头地边跑边伤心地哭泣……

第二天,爸爸被拘留了。

第三天傍晚,小花一个人到自己家的庄稼地里捡拾大象们还没糟蹋完的玉米。她正一边专心地捡着,一边哼着唱给小象的童谣,突然听到一阵如雷似鼓般的地动山摇的声音,接着山谷口就卷来一阵灰色的旋风,那是奔驰的象群!

小花正激动着,终于可以近距离地看到她喜欢的大象了。然而,象群却径直奔她而来。她还来不及看清楚一切,就淹没在了凶猛的象群里。

人们找到小花的时候,她已血肉模糊,昏迷不醒了。小花终于醒来的时候,只轻轻对母亲说了一句话:"妈妈,我要跟小象葬在一块儿!"

山谷口,垒起了两座小小的坟茔,那是小花跟小象的。每每黄昏,人们总会听到远远飘来的优美童谣:大象大象,耳朵大,鼻子长……

美丽的"爱情"

他失恋了，大学里那位曾经亲密无间、海誓山盟的女友，终于受不了这样鸿雁传书、思念难熬的日子，选择了离去。

那些天，他暴躁易怒，不仅喝酒解闷，还把情绪带到了课堂上。他心里清楚这样对学生不公平，作为班主任，应该冷静处理。可他实在受不了失恋的沉重打击，在学生面前一改往日活泼乐观的样子，总爱发无名火。但常常只求得暂时宣泄的痛快，事后又后悔不迭。

那天，一进办公室，他就看到了门口地面上的一封信，粉红色的信封，像她常用的那种。他兴奋地捡起来，却发现字迹不是她的，上面也没盖邮戳，信显然是从门缝里塞进来的。

他疑惑地展开信。信里有暖暖的语言流淌，那是一个女孩写给他的情书。

女孩在信中说，很倾慕他超凡出众的才华，玉树临风的外表，儒雅潇洒的气质，还说近段时间通过他在课堂上的表现看出了他的伤感，估计他失恋了，很心痛，希望他能乐观自信地生活，还劝慰他"天涯何处无芳草，劝君莫愁无知音""莫愁前路无知己，天下谁人不识君？"。

显然是班里的一个女生写给他的。女孩言辞优美，情感细腻，极尽体贴的话语说得他既激动，又羞愧。激动的是自己在学生心中竟然有如此美丽的形象;羞愧的是由于自己的浅薄轻浮,竟然让学生看出了他的不良情绪,愧为人师。末了,女孩在信里说:请老师放心,我会正确处理情感和学习的关系,相信明年高考一定会给你交上一份满意的答卷。到时,让我轻轻地走近你,接受你的爱。

从那以后,他一改往日懈怠消极的面貌,重新以崭新的状态投入工作中,因为女孩的信不仅带给他美好,也已经给他敲响了警钟,他得重新好好为人师表了。

那以后,他又不断收到女孩的来信。有时是一周一封,有时甚至两天一封,那些信里满是诚挚的问候和暖暖的祝福。有时,女孩还给他反馈一些班里的情况和教学信息。女孩的信像指南针,让他及时地调整了生活和工作的方向。有时女孩也和他谈生活、谈学习、谈人生,也倾吐自己的喜怒哀乐。渐渐地,女孩的信就像他每天必啜的那杯清茶,带给他几多清香,留给他几多回味。

只是,他不时地替女孩担心,这份爱情会不会影响她的学习。有时,他便悄悄地在班里察言观色。可他发现所有的女孩都显出很阳光很成熟的样子,每天都在拼命地学习,没有谁露出心事重重的样子。于是,他只得在心里祈愿,愿那女孩来年能梦圆大学。

第二年高考结束后,班里的女生几乎都如愿以偿地考上了自己理想中的大学。他没有等到那女孩揭开自己的神秘面纱。

9 月的一天,他收到一封来自北方某大学的信,还是那娟秀美丽的字迹。展开来,原来是季娟,那个活泼可爱的团支部书记。信里道出了一段美好的往事。

一年前,看到他失恋后颓废消极的样子,女生们凑在一起商量了个"挽救"他的办法——写"情书"慰藉他。那些情书,都是班里的女生群策群力,多方搜集了优美词语和名言,并让季娟新创了一种字体写就的。季娟说,为了写那些情书,女生们读了不少书,尤其是许多名人的经典情书,既懂得了爱情的美好,也懂得了怎样约束自己的情感,同时也提高了文学修养,班里高考语文成绩斐然也与那有一定的关系呢。

信末,季娟说全体女生托她告诉他,别怪她们,因为她们的心意是透明而美好的,而且她们真诚地祝愿他早日找到自己的美丽爱情,届时千万别忘了请她们吃喜糖,并祝愿他幸福快乐。还说,她们深深地爱着他,永远永远!

看完那信,他忍不住潸然泪下,为了那份深沉而美丽的"爱情"。

等　待

那是个酷热难耐的六月天的中午,她正坐在街边的小饭馆里吃饭。进来个70多岁的农村老太太,佝偻着腰,满脸皱纹,一头灰白的头发乱蓬蓬的,像秋日里衰枯的草,宽大破旧的衣服一荡一荡的,两条腿就像两根细麻秆。

老人背着破烂的背篼,里面放着两个小南瓜。她吃力地放下背篼对老板娘说:"行行好,把我这两个南瓜买了吧。"

老板娘不耐烦地说:"2角钱一斤卖不卖?"

老人恳求说:"3角吧,我背了那么远,现在还没吃早饭呢。"

"只给2角,你卖就卖,不卖就算了!"

老人叹口气,说:"卖吧,我也没力气背回去了。"

老板娘快速地过了称说："13斤，2块6角钱，你在我这儿吃一碗稀饭，4个包子吧，1块5，我最后找你一块钱。"

老人一听，咽了咽口水说："饭我不吃了，你给我钱吧，我还要赶路呢。"

她在一旁听着，心里很不是滋味，就对老人说："老人家，你是哪里人？"老人说，就是河对面龙王山的。她知道那儿，是个旅游的地方。她马上笑了说："那我们是老乡了，我的老家也在那儿，只是后来进城了，好多年没回去了。这样吧，我请你，算我请回老乡吧。"老人不好意思地笑了，露出没牙的嘴，说："怎么好意思让你请我呢？"她说："没啥，乡里乡亲的。"说着让老板娘端上一碗饭，4个包子来。

老人也许饿坏了，吃得很急，边吃边不好意思地看她一眼。为了打破尴尬，她问："老人家，你这么大年纪了，怎么还卖南瓜？"老人咽一口包子说："我儿子打工去了，儿媳妇在城里送孙子上学。我一个人在乡里住，没钱花，就种了窝南瓜，天天浇灌，今年天旱，就结了两个。打算卖了换几个油盐钱，谁晓得价钱这么低。"老人说完又叹口气。

看着面前枯瘦的老人，她不由得想起了乡下的老母亲，眼睛就涩涩地难受。

临走时，她给老人留下了10元钱说："老人家，你去买瓶水拿上赶路吧。"老人推辞不要。她想了想说："过十来天，我要上龙王山旅游呢，到时上你家来玩。"老人听她那么说，便收了钱高兴地说："可一定要来，我等你呢。我叫李淑芬，来了你就能问到我的，对了，你叫啥名？"她说叫刘美。

老人蹒跚着走了。她望着老人的背影，将她目送出好远。

老人走后，老板娘问她，你真是那儿的？她笑了说："哪里，我是出差路过这儿呢。"老板娘就用尊敬的眼光看她。她起身默默离去了。

那事儿过去了多久，她已经记不清了，只是偶尔还想起那可怜的老人，让她觉得心酸。

半年后，真的有了一个机会是单位组织到龙王山游玩。到了山门口买票时，卖票的老人突然拦住她问："你是不是叫刘美？"她很惊讶，这地方谁认得我？老人看她吃惊的样子，对她说："我是李淑芬的表弟。前些日子，表姐每天上这儿等你，可一直等了几个月你都没来。她有病，实在熬不住了，临了就细细说了你的样子，让我代她在这儿等你，说你是她的大恩人呢。每天有像你的样儿的人从这儿过，我就问问，今天终于等到你了！"

她的眼睛潮潮的，想哭，她忙着问："那老人现在在哪儿？"卖票的老人低下头说："她在一个月前就走了，她得了癌症，实在熬不下去了。这是她留给你的东西，让我转给你。"

卖票的老人拿出一包东西打开，是一包鲜红的干枣，还有一双精美的鞋垫，绣着龙凤图案，堪称艺术品，她只在民俗博物馆看过的。卖票的老人说："我表姐年轻的时候是我们这一带有名的绣花巧手，这是她多年前绣的珍藏的，谁也舍不得给，就留给了你呢。唉，挺好的一个人，就是摊上个忤逆不孝的儿子，可怜啊。后来我问她你对她有啥恩，她也不说，只说是大恩。要我一定在这儿等到你，把东西转给你，说她在地下也永远念你的好！"

她听着，心里很疼，泪水就在眼眶里打转。她其实是有愧疚的，当时她可以给更多的钱，可她竟像打发乞丐一般地打发了老人，而就是这点小小的善举，竟使善良的老人当作大恩大德来报答。她想象着，仿佛看到病入膏肓的老人在最后的时刻还坐在山门前，在瑟瑟山风里，撑着瘦弱的身体，眼巴巴盼她到来的情景，泪水就再也止不住地滑落。

从那以后，每逢星期天，她都去敬老院看望那些老人，给他们梳头，洗衣服，弄吃的，只有那样，她觉得心里才好受些。

烛光里的妈妈

当他笃笃敲响家门的时候，那声音连自己听着都有些毛骨悚然，忍不住瞧瞧身后，只有淡淡的影子跟着，随风摇曳。

"谁呀？"母亲打开门，一头银发在淡淡的月光里闪耀着。他看着有些心酸，颤声说："妈，是我。""儿啊，你怎么回来了？你还记得回家呀？"母亲将他让进屋，默默地点亮了蜡烛。"妈，停电了？"他问，见母亲无言，他又说："没电正好，别让他们知道我回来了，又来纠缠我。"母亲听了，好半天才说："儿呀，你怎么欠了村里人那么多钱？他们三天两头地来家找你，找得我都烦了！"

"妈，老板没给我结账，我上哪儿找钱给他们付呀？我这次回来就是接你出去的，以后再也不回来了，让他们找去吧！"

"啪"，他觉得脸上重重地挨了一巴掌，刚才被寒风刮痛了的脸此时生疼，生疼。抬起头，母亲浑浊的眸子里仿佛燃着两团火，两团怒火，旺旺的。

"儿啊，有些事，妈早该告诉你。其实，你不是妈养大的，"母亲抬起枯瘦的手抚摸着他的脸，"你是村里的大婶们喂大的。生下你才十多天，妈就得了场大病，没奶，大婶们就轮流着喂你。那时咱家儿女多，穷呀，你爹就上山采草药卖，换几个油盐钱。谁知，你还没满月，你爹上山采药时跌下崖死了。儿啊，多亏了村里的大爷大伯叔叔婶子们，他们东家出粮，西家出钱，好不容易才把咱们一家人救活呀。"

母亲说到这儿，已是泣不成声："那年月，妈一个人挣的工分根本养活不了你兄弟几个，就打算……你那些大婶子们知道了，就纷纷上门劝我说，咱们每家轮流供养几个月不就拉扯大了，哪用得着送人呀？"

母亲抽回手，抹了把脸上的泪水，又说："儿啊，做人要讲良心。当初，村里人是相信你才投奔你来打工挣钱的，就是砸锅卖铁也得给人把账付清。你看，咱家能卖的东西都卖了，妈已替你还了一部分债了。"

透过微弱的烛光，他才注意到室内空荡荡的，他为母亲置办的新家具已不知去向。他这才明白，母亲一直点着蜡烛，原来……他眼窝一热，朝母亲跪下了："妈，儿子对不起你！"说完，泣不成声。

母亲拉着他的手，慢慢扶起他来。猛然，母亲触摸到他手上的东西，低头一看，怔住了，转而目光寒寒地盯着他："儿啊，你在骗妈！你能戴这么大两只金戒指，咋会没钱给人付账呢？"

他慌忙抽回手，仰起脸，猛然发现，母亲原本瘦小的身躯在摇曳的烛光中竟是那么高大，不由得颤颤地说："妈，我听你的，我一定想办法把钱付给乡亲们！"

母亲听了，脸上泛起了欣慰的笑，颤巍巍地拉亮了电灯……

第二辑

花儿和少年

转　变

这是一个酷热的 6 月的星期天。

中午刚吃完饭，李刚就约了同学刘民到游戏厅去。已经打到第二十关了，李刚心里充满了闯关后的激动，他决心继续打下去。

学校在郊区，要进城还得走半小时的路。两人冒着酷暑走着，一会儿就大汗淋漓。正在这时，李刚的手机响了，是父亲打来的。父亲说："刚娃，你在干啥呢，吃饭了没？"

李刚在太阳下眯着眼厌烦地回答："正在学习呢，要月考了，我正忙着。"

旁边的刘民一听，就心领神会地朝李刚挤眉弄眼，李刚也不由露出一个诡秘的笑。

电话那边，父亲仍在说着："刚娃，饭一定要吃饱，不要节约。告诉你一个好消息，爸刚做完庄稼，在这城里找了份工作，每个月 1000 块呢，是在厂里的车间上班，不风吹雨淋的，挺好。你可别嫌爸唠叨，上次给你班主任打电话了，他说你的学习成绩可下降了……"

"爸，你总说成绩成绩的，我不正在努力吗？要没啥事我就挂了。"一听到成绩，李刚的情绪就恶劣起来，不由分说，啪地挂断了电话。

其实，李刚心里也挺愧疚的。他知道父亲不容易，母亲死后，父亲一个人撑起这个家,他什么事儿总不落人之后,这不,还给他买了手机,说是平时打电话方便。父亲打电话倒方便了,可一打就是身体呀,成绩呀,吃好呀,穿暖呀什么的,李刚觉得父亲婆婆妈妈的。可父亲越是唠叨,李刚就越觉得对不起父亲,却总控制不住游戏瘾。李刚曾经也无数次下过决心,却又无数次在同学怂恿下土崩瓦解。李刚想,等这次打完了,就收手。

正想着,一辆出租车停在了他们面前,刘民拉他一把:"上车吧,发什么愣呀?"坐在凉爽的空调车里,李刚心里还是有些七上八下的。父亲每次到城里办事,总舍不得坐车,说能节约就节约,可自己却从来不知道节约。

李刚还在东想西想的时候,出租车已经利索地停在了一家他再熟悉不过的游戏厅门前。门前有一株高大的杨树,长得枝繁叶茂,民工们经常在中午的时候在那树荫下乘凉。远远地,他看到那树荫下已经有几个拉平板车的人在歇息,还发出了很响的鼾声。

就在他打算像往常一样穿过他们中间走进游戏厅的时候,他的目光突然就僵了,他看到了一张熟悉的面孔。

那是一张布满了沧桑,过早爬满皱纹的衰老的面孔。那人正大张着嘴,悠然地打着鼾,涎水顺着他的嘴角流下来,老长老长,亮亮的,像一条小溪。而他的旁边,放着半块没啃完的又大又厚的馍,一看就知道是自家烧制的。馍的旁边是半瓶凉水。看样子,那人是极度疲倦,吃着吃着就睡过去了。

李刚站在旁边,呆呆地看着,泪水不知不觉地流了满脸。已经走进游戏厅的刘民见李刚半天没进来,出来一看他正站那儿流泪呢,就疑惑地问:"怎么了?"

李刚一扭头跑开,哽咽地说:"我不舒服,不想去了,你去吧。"

刘民百思不得其解:"你小子,不是你约我来的吗?怎么现在又不玩了？”

李刚见刘民声音大起来，赶紧上前捂住了他的嘴巴："小声点，别吵醒他们，让他们多睡会儿吧！"说完，扭头跑向学校，刘民拼着命也没追上他。

那天以后，李刚仿佛变了个人，拼命地学习。有时夜深了还躲在被窝里用手电筒看书。球场上没他的影子，游戏厅里更没见过他的踪影，只见他吃饭上厕所都小跑着。

父亲依然打来问候的电话，李刚现在觉得句句都很贴心。父亲在电话里说他工厂的效益不错，让他别节约，注意身体，每每听着，李刚的泪水就不争气地流出来。

期末考试的成绩出来了，李刚得了两张奖状：一张是成绩进步奖，一张是成绩优异奖。

又是一个星期天的中午。李刚拿着那两张奖状，小跑着去了城里。来到那株杨树下，李刚又看到了那个熟悉的身影，正躺在平板车上酣睡呢。李刚静静地坐在树影下，等着。

那人终于醒了，睁开蒙眬的睡眼，他的目光就直了："你怎么在这儿？"

"爸，我来看你！"

父亲从板车上坐起来，嗫嚅着说："你看我这人，竟然在别人的板车上睡着了。"

李刚走上前，递过那两张奖状，眼泪又出来了："爸，你别骗我了，我知道你一直在拉板车，可你……你也别太累着！"

父亲一愣，迟疑片刻，接过奖状，看一看，抬起头，目光湿漉漉地看着他说："刚娃，你给爸争气了！你妈在九泉之下也该放心了！"父亲的泪涌出来，缓缓地爬满脸。

李刚走上前，轻轻地替父亲擦去泪水……

平 安 就 好

儿子大学毕业后很快在外地找了工作,这让母亲非常高兴。更让母亲高兴的是儿子第一个月就给家里寄了1000元,这在村里的大学生中也是出类拔萃的。母亲逢人就夸自己的儿子好。在人们羡慕的眼神里,她觉得几十年心血没有白费。

那天晚上,母亲做了一个梦。梦醒时刚好是半夜,母亲就睡不着了。她梦见儿子被人追杀,浑身是血,边跑边向她呼救,母亲拼命地想赶去救他,可怎么也跑不动,母亲就急,一急便醒了。母亲在黑暗里坐了很久。

天刚蒙蒙亮,她就赶紧爬起来给儿子打电话。当听到电话里儿子睡意蒙眬的声音,母亲悬着的心才缓缓地落下来。母亲对儿子说:"儿啊,你做事可得小心,要好好照顾自己,你平安妈就放心了,有事儿一定得给家里打电话!"儿子说:"妈,我在酒店里工作,我是酒店的大堂经理,有啥不平安的?你甭挂念我了,照顾好您自己,天凉了要记得加衣服,别感冒了,没啥事我就挂了啊。"

放下电话,母亲的心里甜丝丝的,她真为懂事而又孝敬的儿子感到高兴呀。男人死得早,母亲和儿子相依为命,为了儿子的学业,母亲一直不肯再嫁。现在,她的苦日子总算熬到头了。想到这儿,母亲又幸福地笑了。

　　然而,那天晚上,母亲竟又做了同样的梦。梦里儿子惊恐而无助的眼神,深深地烙在母亲的脑海里。母亲没再睡着,睁着眼睛呆呆地坐到天亮。天一亮母亲就急忙给儿子打电话说:"儿啊,妈想你了,想来看你!"儿子一听连忙说:"妈,我挺好的,路途这么远,你又晕车,就不来了吧。过俩月就过年了,到时我回去看你。"母亲却始终坚持着自己的意见。

　　坐了两天一夜的车,母亲终于在第三天黄昏赶到了儿子工作的城市。虽然晕车吐得她撕心裂肺地难受,可看到儿子的那一刻,母亲的笑容还是在疲惫而蜡黄的脸上绽放得非常灿烂。

　　儿子穿得很体面,得体的西装,鲜艳的领带。母亲看着就笑了说:"咱儿子像明星一样好看呢。"母亲拉着儿子的手摩挲着久久不肯放下,目光像照相机的镜头死死锁定儿子的脸。看着看着,母亲的泪水就汪了满眼,她说:"儿子,你瘦了。你手这么粗,这经理也不好当啊。"儿子笑了说:"妈,当经理也要做事儿,只是做得少点,我刚去嘛,总得多做点给人家看看,您说是不是?"母亲含泪点点头说:"那是,那是,做人就是要勤快。"

　　那天晚上,儿子拉着母亲的手,去逛街。走着走着,母亲说:"儿子,领妈去看看你工作的地方吧。"儿子忙说:"妈,我已经下班了,这会儿去要打扰人家工作的。"母亲想想也是,就没再说什么。

　　晚上回到儿子的住处,母亲欣喜得像个孩子似的。在儿子宽敞的两居室里走来走去地看,边看边笑着说:"儿子,你这房子真好呢,妈只在电视里看过的。你住这么好,妈就放心了!"母亲幸福地笑了,那笑让儿子的心也暖暖的。

　　那天晚上,母亲和儿子唠了很久的家常。儿子告诉母亲自己每天吃什么,做什么,听得母亲心里乐开了花。儿子是城里人,过得那么好,当妈的真该放心了。母亲想。带着满足的幸福,母亲甜甜地进入了梦乡。

第二天一早,儿子说要上班了,地点很远,母亲就不去了,在家歇着,他下班了再领她出去玩。母亲高兴地答应了。临走时,儿子特地给母亲打开电视说:"妈,您啥也别做,就在家看电视吧,中午咱们在外面吃饭,我请您!"母亲点点头。

等儿子一走,母亲便忙着帮他收拾房间。收拾着收拾着,母亲的泪水就滚落下来……

中午儿子下班回到家,母亲已经走了,留了一张条,上面歪歪扭扭地写着几行字:儿子,妈走了,妈看你生活得平安,就放心了。这钱妈在家用不着,你用吧,别太节约,妈不缺钱花。纸条旁边,放着一个小布包,包里整齐地叠放着1000块钱。

儿子正流泪看着纸条,母亲打来了电话,母亲说:"儿子,妈马上就要上车了,临走还想跟你说几句。妈知道你是个孝顺孩子,那房子我收拾了,知道不是你的。你那手,妈摸了就知道是干粗活儿的。你是不是啥经理不重要,妈只要你平安就好,记住了吗? 妈在家不缺钱,以后你就别再寄钱了,留下那些钱赶快给妈找个儿媳妇吧。记住了没,儿子? 你只要平安就好……"

放下电话,儿子泣不成声。哭过了,他想,得赶紧还了那房子和西装,然后上建筑工地去。他要努力,有一天让母亲跟着他,真的过上城里的好日子……

爱 买菜的女人

　　不管刮风下雨,女人总爱去买菜。女人家里其实挺富裕,有一台新买的冰箱,保鲜性能良好,可女人从未在冰箱里存放过蔬菜。女人从什么时候喜欢买菜的,男人也不知道。男人只知道,女人以前不是很爱买菜,好些时候总要男人下班带了菜回家。可自从那次女人上街买菜后,女人就开始爱上了买菜。

　　别人买菜总是货比三家,左挑右选,常常要走遍了整个菜市场才停在某个摊前开始选菜,砍价。可女人不这样,女人买菜总是径直走向一个摊前。

　　那个小摊位于市场的一个偏远角落,冷冷清清的。卖菜的也不是什么帅哥、靓妹,只是一个头发花白的老太太。老人七十开外,满脸的褶子,像岁月雕刻的塑像。花白的头发蓬松、枯干,像秋天原野上的凄凄衰草。唯一让人觉出生命热度的是那一双饱经沧桑的眼睛。那眼睛虽然浑浊暗淡,却像暗夜里的一盏烛火,微弱而明亮,满含着温暖和善良。就这么一副酷似雕塑的面容,为何吸引了女人的目光呢?如果女人是个艺术家,像罗中立一样是为了深入生活,进而画出一幅《父亲》那样的世界名画,也是可以理解的,可她只是一个普通的女人,她甚至不懂得绘画艺术。

每天，早早地起床，梳洗完毕，女人就挂着菜篮去了菜市场。女人径直穿过喧哗热闹的菜市场，她甚至没有旁顾两边那鲜嫩嫩水灵灵的其他蔬菜。也有卖菜的女人热情地问女人买点什么，甚至轻轻地拽一下女人的衣袖说："大妹子，我这儿的蔬菜是早上刚从地里采的，鲜着呢。"女人只是浅浅地笑一下说："谢谢，我不买。"卖菜的就只好无趣地放了她，任由她美丽的背影消失在菜市场的尽头。

　　那儿，老人正等着她呢。每每看她到来，老人就像慈爱的母亲看到了久别的女儿，咧开没牙的嘴，温和地笑了。那笑里有感动，更有幸福。

　　女人边挑菜边和老人闲侃着："大娘，种菜挺累吧？您这么大年纪了，该少种点。"老人就笑了说："不累，动一动，多活几年呢。"

　　女人细细地挑，等挑好了，老人才发现女人挑的都是又瘦又小的蔬菜。老人就说："你这孩子，别人都挑大的，肥的，你怎么尽挑小的？"女人就温婉地笑了说："大娘，我打小就爱吃小蔬菜，越小越嫩呢。"老人就笑了说："自从你上我这儿来买菜以后，我的菜总是卖得干干净净的。你把瘦小的菜全买走了，留下壮实的好卖呢。"女人也笑了说："那就好，只要我能给你带来好运气，我就天天来买！"

　　女人说到做到，风吹雨打，买菜从未间断过。有一次下着大雨，男人说："你别去买了，咱们到外边去吃。"女人说："不行，老人兴许还在等着我呢。"女人说着就冒雨出了门。

　　偌大的菜市场只剩下不多的几个人，其中就有老人。女人心里一热，举着伞几乎小跑着来到老人摊前。老人看到她，慈爱地伸出手去，替她抹去头发上的几滴雨水，怜爱地说："我就知道你会来的。"老人熟练地将专门留下的小棵的蔬菜装进女人的菜篮里。女人塞给老人10块钱就走，老人在后边喊："记住，下次找你钱。"

　　女人其实每次都不会记得下次找钱的，找了也不会要。女人很乐意那样做。

日子就在女人心满意足的买菜生活里幸福地流走。那天,女人再去买菜的时候,没见着老人了。旁边的小伙子告诉她说,老人病了,听说病得不轻。女人听着,不知为什么泪水就悄悄地涌满了眼眶。

第二次来买菜的时候,老人依旧没来,小伙子将一个包裹递给她说:"老人已经走了,她让我转告你,说谢谢你的好意。她知道你把她看作你的母亲了,有人说你们长得很像。这是她抽空给你做的一双布鞋,让你留着。"女人展开那包裹,一双精致的有着密密细细针脚的布鞋映入眼帘。女人的泪水就不可抑制地滚落下来。

老人确实长得极像女人的母亲。而多年前,为了供女人上学,女人的母亲在一次赶早集卖菜的途中不慎跌下山崖,去了。这么些年,女人一直在愧疚和感激中想念着母亲。而老人的出现,让她恍如找到了母爱。这些话,女人还没来得及给老人说,可老人却已经去了。

那以后,女人依旧爱买菜。女人光顾的摊点旁也依旧是那些白发苍苍的老人身影。

蛙王嫁女

在癞蛤蟆国王的洞府前沉思良久,蛙王还是没有勇气走进癞府去,他的眼前又不由得呈现出 10 年前那一幕。

那时的青蛙王国可谓兴旺发达,生活过得和平安乐,还隔三岔五在美丽的荷花池里举行盛大的音乐会。有一次,那位美丽绝伦的青蛙公主正在独唱的时候,被路过的癞蛤蟆国王看中了,于是派人前来提亲,却遭到了青蛙王国所有臣民的一致反对,还将那提亲的使者狠狠地奚落了一番,并逐出了国境去。

想到这儿,蛙王又颓然地垂下了头,在洞府前痛苦地徘徊起来。正在犹豫不决的时候,洞府的门打开了,蛤蟆王领着一队随从走了出来,正打算出外游玩呢。看到蛙王领着几个随从僵在那儿,便热情地说:"哦,不知青蛙陛下来访,有失远迎,请到府内一叙吧。"说完躬身做了个请的姿势,将蛙王一行迎进了宫内。

蛙王坐在蛤蟆王豪华的王宫中却如坐针毡,和蛤蟆王进行着一些言不由己的寒暄。

一番寒暄结束后,他再也憋不住了,只得将此番的来意道出来:"尊敬的蛤蟆王陛下,我们此次前来,是有一事与国王大人商量,还望大人能不计前嫌……"顿了顿,蛙王才吞吞吐吐地将想与癞蛤蟆王国通婚的请求道出来。

"哈哈哈,蛙王陛下,您不是在开玩笑吧? 10 年前,我派使者前去求婚,你们不仅不同意,还讥笑我们模样丑陋,说什么'癞蛤蟆想吃天鹅肉'。现在,您竟然主动前来提出通婚请求,是什么事儿让您来了个 180 度的大转弯呀?"

"陛下,我为 10 年前的事向您道歉。都怪我们当时目光浅陋,以致……"蛙王说着,两行热泪潸然而下,"您不知道,近年来,我们青蛙家族差点遭受了灭顶之灾。人类大肆地捕杀我们,让好多的同胞都做了人类的盘中美餐,搞得我们整日鸡犬不宁,蛙心惶惶。为了能继续生存下去,我只得代表青蛙王国的所有臣民前来恳请您能够开恩,准许我们两国通婚。"说完,蛙王眼前又叠现出自己的同胞被人类肢解、烹煮的血淋淋的场面,禁不住老泪纵横。

"蛙王陛下,请不要落泪了。您臣民的悲惨遭遇我深表同情,可是我还是不太明白您的意思……"

"癞蛤蟆陛下,恕我直言。我们想和你们通婚,主要就是考虑你们的长相丑点……"

"您说什么,您竟敢在我的王国说我们的坏话。来人呀,给我拿下……"

"大王,且慢,听我把话说完,好吗? 不错,我们曾经是嫌你们长得丑点,因此拒绝了你们的通婚请求,可现在是我们主动找上门来请求和你们通婚的。我们是想和你们通婚以后,咱们的长相不就可以中和一下了吗? 到那时,不管我们的后代长什么样儿,我想人类在没搞清楚我们的后代是怎么来的之前,他们就是想吃,也不敢轻易下口的。当然,现在就权当你们在危难之时显身手救我们一把吧。你们的大恩大德我们会永世铭记的。再说了,通婚后,咱们就是一家人了,对我们两个王国的生存都有好处,恳请阁下三思! "

"哈哈哈,青蛙老弟呀,看不出,您还真有些头脑呢。这样吧,让我们研究研究再回答您。"

蛙王领着随从整整在行宫等了 5 天,才得到蛤蟆国王的回复。他们深知,这是对他们的考验,也是对他们的报复,谁让自己曾经那么得罪人家呢? 不管怎么说,别人答应了就是对青蛙王国最大的支持。

随后,青蛙国王赶紧回到王宫,张罗嫁女之事。首先选了美丽的青蛙公主送到了蛤蟆王国。开始,那些漂亮的公主们想到将要与丑陋的蛤蟆成婚,都痛哭流涕,经老国王苦口婆心的开导,她们终于怀着崇高的使命感悲壮出阁,那场面像当年人类将大唐公主远嫁西域一样。在各位公主的带领下,民间的青蛙女子也纷纷和蛤蟆结婚。

不久,通婚有了第一批成果,那是一些像青蛙又似蛤蟆的东西。可没多久,人类传来消息,那些小东西引起了人类的广泛兴趣。经鉴定,那种青蛙和癞蛤蟆杂交的品种,正是人类探索多年未果的高蛋白绿色产品,将有可能成为 22 世纪人类的主食!

梦　　想

　　这是一个有着清冷月辉的中秋之夜,如水的月光静静地流泻在田野山间。整个小镇像笼在轻纱般的梦里,空灵,缥缈,美丽。

　　小学校的操场上,月光里,一群孩子围着一位年轻的女老师正在赏月。每个孩子的手里都捧着一块小小的月饼。他们正一边吃着月饼,一边听着老师给他们讲嫦娥奔月的故事。

　　这是小镇上一所寄宿制小学校,家长都外出打工了,这些孩子便一直住在学校里,由老师管理。今晚,老师便带着这群三年级的孩子赏月度中秋。

　　"孩子们,吃完了月饼,咱们开展个活动,说说你们的梦想怎么样?"年轻的女老师提议,孩子们便异口同声地表示赞成。

　　活动采用击鼓传花的形式,当小红花传到月月的手中时,她怯怯地站起来说:"我的梦想就是能变成一只小鸟。这样,我想妈妈的时候,就能随时飞到她那儿了。我已经 3 年没有看到妈妈了。"

　　月月的发言引来了一阵清脆的掌声,同时也引来了一串七嘴八舌的议论:我有 5 年没看到妈妈了;我有两年没看到妈妈了;我妈妈生下我就打工去了;我只在照片里看过妈妈……

女老师清了清嗓子,颤抖着声音说:"孩子们,咱们今晚说点高兴的,不想妈妈好吗?"孩子们脆生生地回答:"好!"

小红花传到了胖墩的手里,他站起来,声音响亮地说:"我的梦想就是在我家院子里种一棵摇钱树。"听到摇钱树,孩子都哄地笑起来,因为他们知道那是神话传说。等笑声终于停下来时,胖墩低声说:"有了摇钱树,我爸爸妈妈就不会到广东去打工了。"

轮到蓉子了,平时老挂着甜甜笑容的她,此时却哭丧着脸说:"我的梦想就是发明一种长寿药,让奶奶吃了,永远不会死,免得爸爸妈妈打工去了,没人陪我。"

叫瘦猴的男孩嗓门很大,他说:"我的梦想是发明一架小飞机,能够从我家院子里一直飞到上海去,那样,我就可以很快见到爸爸妈妈了。"

一个矮个子男孩也不甘示弱,腾地站起来说:"我的梦想是开一家大大的工厂,让爸爸妈妈就在我的工厂里打工。那样,我就可以天天看到他们了。"

又一个男孩子站起来,大声说:"我的梦就是当一个魔术师,能够大变活人,妈妈再远,我也能够把她变回来。"

孩子们一听,都笑了。有人说,魔术是假的;有的说,即便能变,也太远了。

男孩子见有人反对,顿了顿又说:"我还要变一所美丽的房子,爸爸妈妈就不用去打工挣钱修房子了。"

轮到牛牛了,爱看书的他沉思了片刻,站起来说:"我的梦想是成为孙悟空,一个筋斗就能翻到珠海去看我妈妈。"

听到这儿,小平站起来说:"你那梦想是假的,不能实现,我的梦想却能够实现呢。我要学会克隆技术,克隆一个妈妈。那样,一个妈妈去打工,一个妈妈就可以在家陪我了。"

听到这儿,孩子们都静得出奇。不久前,女老师才给他们讲过克隆的知识。但女老师没想到,孩子们会因此产生这样奇妙的梦想。她静静地听着,泪水禁不住盈满了眼眶。

"老师,小平的梦想能实现吗?"兰兰歪着小脑袋问女老师。她眼含泪水,笑着说:"能,只要努力,一切梦想都会实现的!"

听完女老师的话,孩子们都欢呼雀跃起来,清亮的童声像归巢鸟雀的鸣叫,欢快而热烈:

"老师,我要克隆一个妈妈。"

"老师,我也要克隆一个妈妈。"

"老师,我要克隆一个爸爸。"

"老师,我要……"

女老师的泪水终于抑制不住地滑落下来,像两条美丽的小溪,在月光下晶亮晶亮的……

约定

这是个周末的午后。在这所寄宿制中学里,还有很多同学没有回家。操场上熙熙攘攘,热热闹闹的,教室里却冷冷清清。女孩独自享受着这份难得的宁静。

女孩悠然地坐在座位上,拿出语文课本,她要读读老师让预习的那篇文章。刚轻轻地打开书本,一只小小的纸鸽子,就飘飘悠悠地飞到了地上。

女孩惊奇地捡起来。小鸽子褐色的尖嘴,圆溜溜的黑眼睛,栩栩如生,展翅欲飞。它的翅膀边沿露出一些字迹,她好奇地打开。竟是一封男孩写的约会信。

信里写道:我注意你很久很久了,整整两年!你的端庄,你的美丽,你的聪明,你的善良,都让我心动!能和你做朋友吗?这封信,我写了许久,写了又撕,撕了又写!我害怕你拒绝,可又非常想约会你!你能给我个机会吗?真的想见面,和你谈谈!也许,我不够优秀,也不够聪明,你会看不起我!可我会努力的,请你相信!今天傍晚5点,我在小河边的柳树林里等你,那棵最高的柳树下面!请你一定来,好吗?我会一直等,一直等到你的到来!

读完鸽子信里的话,女孩的心怦怦直跳,像胸腔里装了一群疯跑的小兔子。脸也红了,如涂抹了胭脂。她的目光落在书本上,却一个字也没有看进去,脑子里空荡荡的,一片茫然。她沉思了很久,想了许多。她的目光却一直停留在最后那行文字上:请你一定来,好吗?我会一直等,一直等到你的到来!

尤其是结尾那两个叹号,被男孩描得又粗又重,像两滴正在掉落的硕大泪珠。女孩心里忐忑不安,像十五只吊桶打水——七上八下的,很不是滋味。

当太阳渐渐西沉,鸟儿喳喳欢叫着归巢的时候,女孩躲开校园里的同学,悄悄去了小河边。晚风习习,碧绿柔曼的柳枝,如少女的发丝,轻轻飘拂着,又如女孩此时的思绪,纷乱地散披着。

远远看到那棵高高的柳树。近了,柳树下,果然是那个男孩。他正装模作样地拿着一本书,无聊地翻阅着,眼睛却紧张地盯着女孩前来的方向。

女孩隐在一棵树后。她清晰地偷看了男孩如困兽一般焦躁不安的神态。他不时地望望那小路，再望望天，再翻翻书。女孩甚至明显听到了他悠长的叹息，苦涩而焦急。

"你来了！谢谢！你能来真好！"男孩看女孩走近，眼里绽放出喜悦的光彩。他放下书本，不安地搓着手，仿佛要搓掉满心的紧张和焦虑。

"是呀，我能不来吗？你说，要一直等到我来！如果不来，你就永远站在这儿等，站成了一棵树怎么办？"女孩笑笑说。

"你的话像在写诗，真不愧是高才生！"男孩红了脸，顿了顿又说，"其实，我还有许多话没敢写在那信上，害怕你厌烦。我知道你学习很刻苦，怕写多了耽误你学习呢！"

"是吗？谢谢你的理解！"女孩眼睛看着河面。

"你能来，是不是意味着答应和我做朋友了？"

"你是指什么样的朋友呢？"

"你应该清楚的，就是那种朋友！"

"哪种？"

"你明知故问吧？就是，就是我，我一直喜欢你！"男孩说完，脸红到了耳根。

"做朋友可以，可是……"女孩欲言又止。

"可是什么？"

"你不想考大学啦？"

"想啊！"

"那一边谈朋友，一边忙学习，忙得过来吗？"

男孩沉默了。片刻问："你是不喜欢我，在找借口吧？"

"不是！"

"那咱们下次约会定在什么时候？"男孩欣喜地问。

"大学校园！"

"你还在骗我？"男孩脸色阴沉。

"不是！我觉得爱情就像一只鸟儿,事业是它栖息的大树。一个人连前程都没有,事业的大树没培植好,他的爱情鸟儿将栖息在哪里？无枝可依,漂泊流浪的爱情鸟,是不能长久存活的,你说呢？"女孩望着湛蓝的长空,那里,一只鸟儿正剪翅掠过。

"也许是吧,没有大树可以栖息的爱情鸟,该有多么可怜！"男孩也感叹说。他的目光穿越柳林,飞到了附近的田园上。那里,农民正在忙着春耕。

"好吧！那么,下次约会的地点,就定在大学校园,咱们不见不散！"男孩快乐地说。一抹羞涩的笑绽放在嘴角,开成了一朵灿烂的迎春花。

晚上,女孩在日记里写道:已经是第三份约定了。我不想伤害任何一个男孩,青春的情感都是透明而美丽的,可是,我更不想伤害自己的未来！如果,将来他们都考上了大学,三份约定该怎样兑现呢？

女孩托腮想了片刻,快乐地笑了。她写道:那就和他们约定,考上了研究生,再约会！

高 分 秘 籍

这所重点中学里,李豪只有一个对手,那就是来自偏远山区的刘正。几次月考,李豪总屈居第二。刘正稳坐第一把交椅,李豪非常不服气。

为了超越刘正,李豪让父亲给他聘请特级教师辅导。虽然他们家并不富裕,妈妈下岗,奶奶又多病。父亲看他沉醉于学习,虽心感欣慰,但还是拒绝了他的请求。为此李豪还好几天没理父亲。

虽然没有请家教,但父亲还是同李豪一起分析原因。父亲叹息说:"也许,刘正除了勤奋之外,还有他独到的学习方法吧。之所谓'工欲善其事,必先利其器',你必须拥有自己的学法秘籍!"

父亲的一席话,让李豪有醍醐灌顶之悟。于是,他利用两个周末的时间,浏览了诸多学习网站,下载了厚厚几本学法,然后精心筛选,甄别挑拣。还到图书馆博览群书,在卷帙浩繁的学法介绍中,汲取精华。他像一只不知疲倦的蜜蜂,勤耕苦耘,昼夜不息,终于精心打造出适合自己的学习"宝典"。

月考前夕,李豪和刘正一起,夜以继日的拼搏精神,成为班级的榜样,学生的典范。

成绩下来后,李豪几乎想自杀。刘正依然是第一名,而他仍是老二。

领到成绩单的当晚,李豪将自己关进屋里,绝食一顿。父亲撬开他的房门,生气地指责说:"小小的平常考试就把你打垮了,那高考怎么办?反省得失,学习对手。知己知彼,方能百战不殆嘛。接下来,你应该好好跟刘正沟通交流,主动向人家请教。"

可碍于颜面,李豪并不肯屈尊就驾,不耻下问。他决定旁敲侧击,曲线救国,盗取刘正的学习秘籍。

通过佯装友好,有意无意地交流谈心,李豪发现刘正的方法和他近似。也难怪,同出一师门嘛。班主任多次讲授清华北大学子的学习秘籍,修炼同一剑术,剑法怎会迥然不同?

为了摸清底细,他特别留意刘正所用学习资料,发现也相差无几。学校印刷的,书店购买的,大同小异。甚至,刘正根本没有他的资料丰富。只薄薄几本,上面画满了符号,写满了批注,翻阅得几近破烂。

那还有什么秘密呢?功夫不负苦心人。李豪终于找到了刘正的独门绝技，"武林秘籍"——一本破旧的红色笔记！

李豪暗访了刘正宿舍的同学。都说刘正一直把那笔记揣在身上，随时翻看，宝贝一般，还不时在上面写些什么。

经仔细观察，李豪发现刘正对那本子果然爱不释手。李豪特地留意了他翻看本子的表情：有时独自傻笑，有时低头沉思，有时愁眉苦脸，有时唉声叹气。

看样子，这本子凝聚着他全部的心血和汗水。或许上面有他独特的学法，或者典型的题例，或者考试秘方！"我一定要弄到手！"李豪激动地想。

踏破铁鞋无觅处，得来全不费工夫，趁刘正偶尔将本子遗落教室的机会，李豪终于拿到了那本秘籍。虽然他也知道偷看别人的东西不道德。

是刘正的日记。

9月1日：开学了，我并不高兴，虽然是重点中学，可家里靠贷款缴纳的学费！我发誓，凭借奖学金，挣回那些钱！

9月17日：母亲又住院了，我真想回家看看，可父亲说，考个好大学，就是对母亲最好的报答。我同意他的观点。为了辛劳的父母，我必须努力！

9月2日：宿舍同学，每晚都买宵夜。我没钱，有时看着他们吃得香香的样子，也馋，流口水。我决定，从明晚起，独自躲在厕所里背单词，等他们吃完了，再出来！

1月12日：妹妹借口成绩差不读了，初中毕业就打工去了，我明白她是为了让我读！她那么瘦小，怎么承受艰难的打工生活？我的心在滴血！

1月2日：妹妹来信了，还寄来了300块钱，她要我吃饱，别节约，等以后涨了工资，还会多给我寄钱！我可怜的妹妹，谢谢你!

11 月 29 日:天冷了,将初中短小的校服穿在里面,也能御寒! 真担心父亲的哮喘病,他在建筑工地上,这天气,犯了咋办? 如果家里有钱,可以买到好药,父亲就不用受那么多苦了! 我只有努力读书,将来才能让家里人都过上幸福的生活! 刘正,加油!

12 月 5 日:我知道李豪铆着劲在追赶我! 他是个聪明好学的同学,是我的榜样,我只有更拼命了! 老师说,只有稳住年级第一的位置,我才可以每学期领到 2000 元奖学金。加油,刘正!

···········

李豪泪流满面,他实在看不下去了。

那以后,李豪懂得了理解家人的苦衷,也更加努力地学习。他不再忌妒刘正的第一名,反而每次月考都不忘故意做错一两道题,快乐地稳居在年级的第二名。

带血的八骏图

母亲又一次被叫到了学校。儿子跟同学上网,缺课半天,被叫到了德育处。

母亲在老师面前像个犯了严重错误的学生，头埋得低低的，几乎要低到尘埃里。

"你的孩子，就是缺乏奋斗目标，学习不求上进，得过且过，和同学打架，搞赌博，这次倒好，竟然敢缺课了！"班主任一副恨铁不成钢的表情，仿佛恨不得吃掉儿子，让母亲更加无地自容，满脸通红。

被一番训斥后，母亲领着儿子默默地走出了校园。学校让她将儿子带回家好好教育，教育好了再送到学校。

儿子静静地跟在母亲身边。好半天，母子俩就这样沉默着。

母亲和儿子终于走到了家门口的小摊前，那是一处卖十字绣的小摊。四面墙上挂满了装裱的十字绣成品，有花鸟虫鱼，有山川河流，有雅致的国画，有精美的人物，幅幅美丽绝伦。母亲曾经多次在此流连忘返，可是她太忙了，白天卖菜，晚上还得做家务。

然而今天，母亲竟然在十字绣小摊前停住了脚步，痴痴地看了半天，问老板道："这幅八骏图，如果绣好了可以帮忙卖一下吗？"

老板和气地说："没问题，只是，需要的时间长了点，一般人总是没有耐心绣好。"

"多久能绣好？"母亲问。

"一般得要一年。"老板回答。

"我如果半年就绣好了，你可以帮忙卖掉吗？"母亲问。

老板惊诧地张大了嘴巴，说："还没听说半年绣好的，人家专业的都要绣大半年的。"

"我有信心半年绣好，你卖给我吧。"母亲说完，掏出兜里所有零碎的票子，买走了那幅八骏图绣品，临走还细心地问询了老板绣的方法和要领。

回到家，母亲对儿子说："你记住，妈妈说了，我要白天卖菜，夜里绣，花半年时间绣好这幅八骏图，请你监督妈妈！"

儿子茫然地看着母亲,说真话,以前犯错,总是受到母亲的打骂,这次破天荒,母亲竟没有半句责怪。

"儿子,当一个人生活没有目标,很多光阴就被白白耗费了。妈妈知道,你并不是一个笨孩子,只是缺少学习的目标。现在,让妈妈陪伴你,咱们一起进步。以前,我也浪费了很多时光,比如晚上,可以做家务快一点儿,可以不看电视,那么,就能绣,还能赚钱呢。妈妈的目标定下了,你呢?能给自己找一个目标吗?"

儿子依旧茫然无措地看着母亲。

"不怕,哪怕你的目标不是那么远大,但只要有目标,并努力去实现,就一定会成功的。"母亲面带微笑,仿佛她从来没有在老师面前受到羞辱和责怪。

儿子依旧不作声。自从上初中以来,儿子总是习惯沉默,要么就激烈地对抗母亲,像包随时会引爆的炸药。

"吹牛,半年绣完八骏图?"儿子没有回答,他抽身离开时的那句抱怨,尽管声音很细微,但还是被母亲听到了。

母亲没有说话,只是默默地展开十字绣样本开始研究起来。

那天深夜,儿子尿急,半夜两点起来上厕所,看到母亲屋里亮着灯。儿子偷偷从虚掩的门缝里往里瞧,他惊讶地看到,母亲正在朦胧的灯下,快速地飞针走线。

儿子在门口呆立片刻,忍不住轻轻推开门,对母亲说:"妈,你快睡吧,明天还卖菜呢。"

母亲应答了一声,却并没有抬头,依旧在引线如飞。

"妈妈,其实,没有人让你那么辛苦地半年完成它,何必呢?"儿子站在门外说。

"不,妈妈决定的事情,一定会做到的。你看,我把整个图分成了若干小块,我给自己规定,每天必须完成当天的任务,否则就不睡觉。这样,时间到了,总体任务也就完成了。"

儿子没作声,转身进屋睡了。

第二天回家,儿子交给母亲一张计划书,上面写着每天学习的计划,比如做作业、预习、复习等各方面的时间分配,更主要的,还为自己制定了下次考试的名次。儿子如今在班里倒数后十名,他计划期中考试进步到前 40 名,期末进步到前 30 名。班里共有 70 个学生。母亲看了,轻轻地笑了。

从那以后,每天晚上,儿子放学回家,总跟母亲一起在灯下学习。母子俩还彼此交流各自当天完成任务的心得体会。

那些日子,母亲的眼睛总是红肿着,儿子知道,那是熬夜造成的。儿子呢,总是忙忙碌碌,脚步如飞,母亲知道,那是他在努力实现自己的目标。

一天早上,儿子吃早餐时,看到母亲摆放一旁的十字绣半成品上面,有着斑斑血迹,不禁诧异地询问。母亲笑了说:"昨天下午菜摊收得晚,耽搁了时间,晚上熬夜就久了一些,有些疲倦了,不小心,针刺破了手指,血染的。但我很高兴,毕竟我按时完成了自己给自己规定的任务。"儿子背转身,没说话,泪水悄悄地盈满他的眼眶。

等到母亲绣完那幅八骏图时,刚好半年的时光过去了。那幅装裱得无比漂亮的八骏图就摆放在小摊醒目的位置,等待买主。老板说:"绣得真好,一定能卖个好价钱。"

而期末,儿子终于捧回了鲜红的进步奖状,实现了冲进班级前 30 名的目标。

那幅带着血迹的八骏图,后来被人买走了。但母亲给予儿子的精神和影响,却永久地烙在了他的心里,让他一直积极向上,健康成长。

遗落的情书

升旗仪式结束,校长做完上周的工作总结及下周的工作部署后,突然宣布说:"现在,我给同学们读一封情书!"

全场一片哗然,有人以为校长在开玩笑。校长是个幽默的老头,平常就喜欢说些笑话。

女孩挤在人群里,也满心期待着,翘首注目台上的老校长。男孩离女孩不远,不时目光热切地看一眼女孩,悄悄地,又赶紧掉头肃立着,显出不经意的样子。

"请大家安静,这封情书是我昨天夜里,在校园里捡到的。看了这封情书,我很感动,决定和大家一起分享! 由于篇幅较长,我只给大家选读其中最重要的段落! "校长说。

"全部读完吧,我们想听! "学生们吼叫着,嬉笑着,兴奋异常。

"亲爱的同学,你已经给我写了20封情书,如果我再不回信,就显得太不礼貌了。首先,谢谢你对我的关心和关注,也谢谢你的欣赏和赞美,我真的受之有愧! "校长开始朗读。

女孩听着,显出满脸羞涩来。男孩听着,满脸的惊慌和诧异。他双手不停地搓着衣角,仿佛衣角里藏着个可恶的妖怪。

校长继续朗读:

"我是一个平凡的女孩,平凡得如天上的星辰,地上的尘埃。但我有一个不平凡的梦想,我一直渴望走出这片大山,去寻找我想要的生活。要实现这个梦想,现在唯一的出路就是考取大学!对于我们这些山里的孩子,除了瑰丽的大学梦想,还剩下什么呢?我们不能一直在这里固守贫穷和落后,只有我们这代人勇敢地走出大山了,我们的父辈,我们的后代,才能过上更加富裕的生活!"

男孩瞟一眼女孩,心里慌乱得像装满了蹦跳的小兔子。那些兔子拥挤着,冲撞着,要四散逃逸。

"我想你应该也是一个志向远大的人,那么,让我们相约大学校园再见吧。我们可以成为志趣相投的学业上的朋友,但不应该现在就将时间消磨在谈情说爱上!人的青春只有一次,面对如此宝贵的青春,谁也浪费不起!你说呢?"

"同学们,你们说呢?"老校长推推眼镜,停顿下来,问道。全场哑然,一片静谧,只有微风轻轻掠过树梢的声音,沙沙作响。

女孩满脸通红,脸蛋成了两枚红苹果。她想极力掩饰自己,便装着无聊的样子,抬头看天。天空湛蓝湛蓝的,如一望无际的草原。一大片白云正在急速跑动,像一群快乐奔跑的绵羊。

老校长接着朗读道:

"所以,我希望我们都能专注在学业上,等双双考上了理想的大学,那时候,才有资格去谈论真正的爱情!现在,你能说出爱情的含义吗?反正,我还不太明白,我只知道,现在的任务重在学习!

"人生,就像父辈种庄稼一样,春播种,夏灌溉,秋收割,冬蕴藏,一年四季,都有固定的节气,错过了,就荒废了季节,延误了收成!青春年少,正是读书求学、打造前程的好时光,错过了,就耽误了一生的好收成!

"祝福你学习进步,以后请别再给我写信了,浪费了你的学业,也耽误了我的时间。还是那句话,相约大学校园见!"

读完那封信，老校长说："这个不留姓名的女生，真是太懂事，太优秀了，我要说给大家的话，都让她帮忙说了。她是我的老师，我向她致敬！"说完，朝着学生，深深地鞠了一躬。全场掌声雷动。

散会了。女孩来到校园后的小树林里。那里安安静静的，只有几丝微风在树梢悄悄地絮语。女孩在等待男孩，女孩知道他会来。果然，片刻，男孩就来了。

他站在女孩面前，局促不安，手足无措。他偷偷瞟一眼女孩，只见女孩满脸阴霾，像暴风骤雨降临前的天空。

"对不起，我不知道怎么把信搞丢了！"男孩低声说。

"对不起有什么用？当时老校长读出来，我差点吓死了！幸亏我没有留下双方的姓名。你说，老校长教我们班，要不是我变了字体书写，他要认出来该怎么办？"

"对不起！实在对不起！你表弟把信带给我，我就一直揣在衣兜里，小心翼翼地，不知道怎么就丢了！请你原谅！"男孩诚惶诚恐地说。

"不存在原谅与否了，正好，我的话，让全校同学都帮忙见证了！那你以后就别再写信了吧，你看，这次多危险！请多保重，咱们还是好朋友，学习上的好朋友，好吗？"女孩主动向男孩伸出手去，握住了，真诚地说。

女孩独自离去了。男孩望着女孩远去的背影，生气地朝地上踹了一脚，一粒小石子飞出老远，咚地落在远处的地上。

女孩刚回教室，女孩的表弟，一个瘦瘦的男孩凑上前，低声说："表姐，我干得漂亮吧？趁他睡熟了，半夜起来偷的！至于老校长那里嘛，我当然说得很明白，保证不会找你们麻烦的！什么时候请客？"

"下次月考后，等你成绩赶上我了，再说！"女孩笑了说。

"你敢！不然我把情书的事告诉同学们。"表弟说。

"你敢！我告诉姑妈去！"女孩佯装愤怒，转而又笑了说，"中午吧，叫上他，请他吃顿饭！咱们还是朋友嘛！"

花儿和少年

阳光明媚,和风习习,四野里草长莺飞,百鸟啼鸣,一派春和景明的美丽景象。

今天的劳动任务是给新春的梨树施肥,先在梨树根部挖出一个深坑,然后将肥施进去,再掩上泥土。任务定量,一人一棵。

整个过程其实不复杂,可对于这些在城市里长大的孩子来说,连锄头怎么使用都把握不好。没挖几下,有几个同学就开始叫嚷:"我的手磨出血泡了,老师,好疼!"

女孩也在叫嚷。女孩一叫,旁边的男孩就紧张地抬起头,满眼的担忧。

男孩趁没人注意的时候走上前,低声对女孩说:"你慢点挖,等我挖完了,帮你!"女孩感激地看着男孩,不停地说谢谢。

于是,女孩懒懒地举起锄头,轻轻地,像林黛玉葬花般,让锄头舒缓而轻盈地落下。

男孩忙碌着,不时地偷看女孩一眼。

周围的同学渐次离开,忙着抬粪去了。

其实男孩早就挖完了,他磨蹭着,想等同学走得差不多了,再帮女孩挖。他怕同学们开玩笑,可又渴望他们开那样的玩笑。但他不知道女孩是否喜欢,如果她不喜欢,他也就不高兴了。

因为害怕女孩不高兴,无数个夜里,他只偷偷给女孩发匿名短信,热辣而关切,却从来不敢说出自己的姓名。

男孩对女孩说:"你看那边的花儿真漂亮!"女孩顺着男孩的手指望去,在前面几十米远的围墙栅栏上,开满了五颜六色的花朵,还被风儿送来些淡淡的清香。

女孩爱花,这是天性。女孩就雀跃着要去摘花。

男孩压低声音说:"现在别去,你看那边有老师看着呢。等会儿我去为你摘!"男孩说着,心里甜滋滋的,他一直梦想着为女孩摘花,然后亲手戴在她的头上,像王子为公主戴上花环一样,深情而浪漫。

男孩急急地挖好施肥的窝子,然后警惕地四下瞧瞧,对女孩说:"等着我!"男孩猫着腰,一股风似的跑到了栅栏旁,摘了两朵最灿烂最鲜艳的花儿,又快速地猫腰跑回来。

男孩把花递给女孩,说:"快藏起来吧,我刚才看到有老师过来了!"女孩紧张地将花儿掩进了宽大的衣衫里,心咚咚直跳。隐在衣衫里的花朵,调皮地散发出扑鼻的香味儿,诱惑着女孩。她贪婪地吸一口,闭上眼睛,陶醉了半响。男孩看女孩沉醉的样子,心里很甜,像喝了蜜糖一样。

男孩嗫嚅着说:"知道吗,你比花儿还要美丽!"男孩说完,脸瞬时红了,像霜染的柿子。

"是吗? 谢谢!"女孩第一次接受一个男孩这样直白的赞美,她的脸上红霞飞舞。

"其实,那些短信……"

"我知道是你! 刚刚知道的,确切地说是猜出来的。"男孩刚要表白,女孩低头搓着衣角说,"走,咱们抬粪去吧!"

两人抬着粪,行走在崎岖的山道上。男孩努力将粪桶朝自己面前拉,他想让女孩少承受些重量,尽管那粪桶臭不可闻,熏得人直想呕吐。

集合的时候,意外发生了。劳动课老师发现栅栏边被扯坏的花藤。他非常生气,怒斥班里同学素质太差。他说:"以前强调过的,不能损害劳动基地的一草一木,怎么就忘了? 今天不把摘花的人找出来,班级整体留下,罚做半天劳动,不准回去吃午饭!"

大家一听,顿时炸开了锅,纷纷指责摘花的人,说应该好汉做事好汉当,不能连累大家!

男孩和女孩听着铺天盖地的指责和议论,都不作声。

时间一分一秒流逝,大家饿得肚子咕咕直叫。女孩看看男孩,男孩深深地埋着头。女孩思忖片刻,毅然站出来说:"对不起,花是我摘的!"说着,女孩拿出了衣衫里的花儿。

男孩的目光聚焦在女孩身上,惊诧片刻,脸上便写满了愧疚。

女孩低头说:"花是我摘的,是我对不起大家!"

那晚,男孩正准备给女孩发短信,女孩的短信抢先来了。

女孩说:有些花儿是不能随意采摘的,就像今天那两朵,虽然芬芳美丽,但采摘了,只会留下伤痛的回忆!

男孩顿时醒悟,回道:我明白了,谢谢! 然后关掉了手机。

飞翔的纸鸢

　　看着刘敏80分的数学试卷,张老师眉头紧锁,百思不得其解。刘敏一直是班里的学习尖子,而且是数学科代表。以前的每次考试,她和李雪都不分上下。前两次,甚至比李雪考得更好,怎么会猛然下降得这么厉害? 张老师决定找她谈谈。

　　听完张老师的询问,刘敏嗫嚅着说:"老师,不好意思,这些天,我状态不够好。不过,请您放心,我一定找李雪帮忙补补,会赶上来的! "

　　听到那么自信的回答,张老师当然放心了。两人以前是同桌,又是好朋友,还是班里竞争对手中的黄金搭档呢。只是,前些日子,李雪满脸忧郁地找到张老师,主动要求调换座位。问她原因,她说:"我们老爱说话,怕影响成绩,调开对彼此都好。"

　　那些天,张老师每每课余走进教室,总会看到刘敏谦恭地坐在李雪的旁边,双手托腮专注地听她讲解。有时心领神会地点点头,有时露出茅塞顿开的笑,有时声音柔柔地提问一两句,有时拿笔在纸上飞速地演算,有时捧着书本耐心地倾听指点。李雪呢,那严肃思考的表情,那沉稳解说的语调,俨然就是一个尽职尽责的小老师。看着两人团结合作、亲密无间的样子,张老师感到十分欣慰。

　　再一次考试的时候,刘敏终于和李雪并驾齐驱了,两人都是满分。

张老师将两人狠狠表扬了一通，特别说到李雪对刘敏无私无利地帮助和指教。李雪不好意思地笑了说："老师，那是刘敏自己聪明勤奋，我只是稍作点拨罢了。""才不是呢，没有你，我怎么可能一下子进步得那么快？你是我最尊敬的小老师呢，谢谢老师！"说完，当着张老师的面，刘敏还笑着对李雪鞠了一躬。李雪赶紧笑着拍她一下说："你真是折杀我了！"

没几天，学校举办演讲比赛。作为学校广播主持人的刘敏理所当然是这次大赛冠军的有力争夺者。可是参赛前两天，她找到张老师，苦着脸，摸着喉结，哑哑地半天说不出话来。她竟然感冒了，嗓子沙哑。作为班里的主力选手，张老师大失所望。她看张老师失落的表情，说："老师，让李雪去吧，我给她辅导，保证她取得好成绩！"

"这行吗，以前，她可很少参赛呀！"张老师担忧地说。

"没问题，请相信我吧！"刘敏诚恳地说。

接下来，刘敏分秒必争地辅导李雪演讲。课余时间，张老师总听到刘敏沙哑着嗓子，在卖力地指导李雪朗诵，耐心示范纠正着演讲手势体态，活脱脱一个严格而负责的教练。

那次演讲，李雪出其不意地获得了第一名。看着她上台领奖，站在张老师旁边的刘敏拼命鼓掌，激动得哭了。张老师的眼眶也潮潮的，为刘敏这个朴实可爱的孩子。张老师不知道她私底下用了什么办法，让李雪的演讲技巧一下子突飞猛进了。

学校举行风筝比赛的时候，刘敏又找到张老师说："老师，这次我不能参加了，星期天到野外玩，不小心把脚踝扭伤了，你看，我现在还贴着膏药呢。"刘敏撸起裤腿，确实贴着膏药，那膏药散发出浓郁的药味，十分刺鼻。顿了顿，她说："不过，如果让李雪参赛，我保证她获得第一名，我让爷爷给她做风筝！"刘敏爷爷有祖传的制作风筝技巧，每届比赛，刘敏的风筝总得第一。

"你脚扭了,无法跑动,你一定好好辅导李雪,让她为班级争光,算你'戴罪立功'吧。"张老师笑了说。

那天下午放学后,李雪在办公室里找到张老师,一见面,她就哭了说:"老师,你一定让刘敏参赛,她是在欺骗你!"

"她为什么要欺骗我?"张老师吃惊地问。

"为了我!"李雪的眼泪如涓涓溪流。

"为了你?"张老师更加丈二和尚摸不着头脑了。

李雪哭着讲了事情的原委。两个月前,李雪的爸爸妈妈离婚了,她一下陷入了无边的痛苦和黑暗之中。那些日子,看到刘敏成绩比自己优秀了,她异常悲伤,觉得幸福总与自己无缘,甚至生出了嫉妒之心。于是,主动调开了座位。后来,成绩下降的刘敏找她补习,她们俩又和好如初。她还常常被邀请到刘敏家去,受到最热情的款待,刘敏父母待她如亲生女儿一般。接下来,刘敏两次让出参赛机会,并且竭尽全力帮助她获奖,她才感觉出异常。那次,无意看到刘敏的日记,终于明白了一切。

"这次,她的脚根本没有扭伤,她只是……"李雪哭得说不下去了。

张老师找到刘敏,刘敏终于承认了事情的全部。她说:"老师,我只是想让她感觉幸福,尽快从爸爸妈妈离婚的阴影中走出来!我不是欺骗,我是好意的!"

经过张老师的协调,两人愉快和解了,都参加了那次风筝比赛。

那天,风和日丽,万里晴空中,高高飞翔遥遥领先的那两只最大最美丽的风筝,就是李雪和刘敏的……

第二辑

手心里的文字

手 心里的文字

肃穆的考场,紧张的气氛。我端坐于讲台上,目不转睛地盯着稀疏分布的考生。

这是一场教育心理学考试,是一场事关教师切身利益的重要考试。老师们只有拿到考试合格证书,才有资格参加中学高级教师职称的评定。考前的监考培训,要求宁肯错杀三千,不能放走一个作弊的。考试就安排在我们学校,而我,被教育局抽调作为一名监考人员。

一片沙沙的写字声,如春蚕咀嚼桑叶,如春雨飞洒田间,如微风轻拂林梢。题量很大,每个人都在争分夺秒,笔行如风。观其表情,可以看出大致的答题情况。有喜形于色,颔首微笑者,肯定是备考充分,胜券在握的;有愁眉苦脸,摇头叹息者,不用说是胸无点墨,正在搜肠刮肚的;有左顾右盼,抓耳挠腮者,定是有作弊贼胆,但尚不敢付诸行动的。

在这些表情各异的人群中,一个五十来岁的中年女人引起了我的高度关注。她瘦小的身材,憔悴的容颜,朴素的衣着。自开考以后,她一直眉头紧锁,呆呆地看一阵卷子,蹙眉凝思半天才落笔写一阵,片刻,又咬着笔头陷入了沉思状态。那笔仿佛枯竭的源头,半天等不到一丝水流。

如果我没猜错的话,她应该是乡下某所中学的老师吧,因为每年乡下中学分配的高级职称名额非常少,一般老师能够在退休前评上高级职称就算万幸了。所以,老师们总在轮到自己评定,而且满有希望的情况下才参加这样的考试。这么说,那女教师也应该属于此类人吧。那么她为何不珍惜机遇,不充分准备一下,就匆匆来应考? 岂不是要白白失去到手的机会吗?

正在我替她惋惜不已的时候,只见她左顾右盼一阵后,开始慌乱地看看我,再捋起袖子抬腕看看表。根据以往的经验,我料定她是准备作弊了。说实话,评上了高级职称,每个月可以增加两百多的薪水,只要有机会,谁不愿意冒这个险呢? 我甚至对她生出了一丝怜悯,希望她作弊成功。可马上又被自己的想法吓了一跳,一旦有人举报我监考不严,我将被降工资一级,甚至开除公职。权衡利弊,我便对她加紧了监视。

果不出所料,她东张西望一阵后,便开始了行动。我以为她也会从衣兜里摸出早已准备好的袖珍小纸条,悄悄在卷子下展开抄袭。这是所有考生的惯用伎俩。可我错了,她没有低头去摸索纸条,只紧张地展开了自己的左手掌。看来,她把纸条藏在手心里了。那地方能藏下多少呢? 我暗笑她的愚蠢。

正在思忖要不要抓她的时候,走廊里,几个巡考已经目光炯炯、表情森严地来到了考室门外。再不上前制止,被巡考看见,我就完蛋了。

想到这里,我几大步跨到了那女人面前,用身体挡住巡考的目光,朝她威严地伸出手去,示意她把手心里的纸条给我。女人慌乱而茫然地看着我,一副不知所措的样子,像一只被猎人突然捉住的小羊羔。我心里闪过一丝同情,可片刻即逝,为了我的利益,必须坚持正义。女人没给我纸条,只重新攥紧了手掌,无辜地看着我。我突然讨厌起她的装模作样来。于是再次固执地伸出手,示意她快点"缴械"。女人依旧一副与我无关的表情,没理睬,又开始埋头答题。

我的尊严被严重挫伤,终于怒火中烧。那时,窗外的巡考已经离开,本来可以不追究那女人了,可看她漠然无视我的样子,我决定给她点颜色看看!

我的手在她的桌子上轻轻地但坚定地擂了一下,然后,径直扑向了她的左手,生气地掰开,竟然是空的,没有纸条。我恼羞成怒,不甘心。再探头细看,终于发现了她的罪状:手心里密密麻麻写满了文字,那不是作弊证据是什么?

女人见我生气的样子,顺从地摊开了她的左手手掌,让我看她手心里的文字。我终于看清了那些文字。看着看着,我的眼睛模糊了。是泪水,感动的泪水顺颊而下。

那些文字是这样的:给张歌买胃药,两盒;给苏成买英语磁带;10 点30 分,李乐开始手术,我必须赶到;12 点给刘民父亲打电话,汇报他的学习情况……

我没能看下去,只哽咽着附在她耳边轻声说:"老师,对不起,您慢慢考,打扰了! "女人朝我笑笑,那笑里满是疲惫,却又满是温暖。

10 点 20 分,女人提前交卷了,因为 10 点 30 分,她的学生要手术!

被训斥的女人

这是一座位于郊区的医院。这些天,流感肆虐,发热病人骤增,市里临时将这里设为了发热隔离区。

医院的病人爆满,连走廊里也摆满了病床,密密麻麻,毫无空隙。病人都捂着大大的口罩,只露出满是烦躁和焦虑的眼睛。

此时已是午夜3点,走廊上那张窄窄小小的病床旁,一个中年女人满脸憔悴,歪着头趴在床沿上,睡着了。涎水顺着她的嘴角流下来,缓缓悠悠的,亮亮的像一条小溪。看样子,她是太累了。

躺在床上的是个十五六岁的男孩。他戴着口罩,也已进入梦乡,将头和那女人凑在一起,发出均匀而细微的鼾声。

整座医院都沉浸在静谧的氛围里,人们沉入了梦乡,谁也没有看到那惊险的一幕:男孩手腕上的输液管里,因为液体缺失,有了高达几十毫米的回血,猩红猩红的,看上去十分恐怖。

就在这时,巡夜的医生出现了。她远远就看到了那高高矗立的血液。她几大步走上前,边挤压着输液管里的空气,帮助男孩处理着回血,边生气地一只手狠狠地拍了一下那个女人。

女人猛地一惊,一下子条件反射似的弹跳起来,眼睛还没完全睁开,嘴里就急急地问:"孙海,你怎么啦?"

"怎么啦?你看,你是怎么伺候病人的?这输液器里,回血差点装满了,你还睡得那么香?"女医生非常愤怒。

"对不起,对不起,我实在太困了,我……"

"你困?谁不困啊?我们还通宵值班呢。作为家长,照管自己一个孩子都这样马虎,我们要照顾这么多病人怎么办?"女医生不依不饶。

"是,是我不对!我不再睡了,您放心!"

"放心?你这样子,能让人放心吗?还没见过你这样马虎大意的家长!要真出现啥危险怎么办?到时又跟我们医院胡搅蛮缠!真不像话!"女医生的怒火还在喷发,仿佛将成燎原之势。

"医生,你不该那么训人!"男孩终于憋不住了,像一只发怒的小兽,他腾地从床上坐起来,怒视着女医生,差点挣脱了输液器。

"嗬,你妈照顾你这么不负责,我训她几句,你还心疼了不是?"女医生依旧郁怒未消。

"她再怎么样，也不至于让你这么没完没了地训呀！"男孩的目光如火。

"孙海，别说了，你这孩子，是我的错，让她训两句有什么？"中年女人忙着制止男孩，并上前替男孩掖了掖被角。

男孩的眼泪却唰地滚下来，浸湿了口罩，他哽咽着说："对不起，您这么熬更守夜的，还受这么大委屈！"

女医生看男孩哭了，有点莫名其妙，茫然地看着他，期待着答案。

男孩抹把泪，抬头看着女医生说："其实，她一晚上要照顾8个孩子，包括我在内的，5层楼道的走廊里都有。她整晚就这么爬上爬下，上上下下不停地跑来跑去，拿药、喂水、端饭、量体温，嘘寒问暖，她一刻也没闲着。也许，此时她是太累太累了，巡查到我这里，就再也忍不住地睡了片刻，你却这样训她！我，我心里难受……"

"8个孩子？你怎么……"女医生转头朝向一直沉默不语的女人。

"她是我们的老师，比妈妈还亲的老师！自从学校大规模暴发流感疫情以来，这些天，老师就没有睡过一个囫囵觉。每天晚上都在医院陪伴我们这些没有父母照顾的孩子，我们的父母在外打工。所以，她太累了……"男孩说着，泪又下来了。

"哦，是这样，对不起！"女医生的眼神瞬时柔和起来，如微风里的两汪春水，波光粼粼。

"没什么，您也很累，这些天医院病人这么多，你们更辛苦！"女人淡淡笑了说。那笑，像一抹春日的暖阳，霎时照亮了女医生由于连日疲累而阴霾重重的心空。

"您怎么没戴口罩？传染了多危险！"女医生怔怔看了女人片刻，突然发现了问题，嗔怪地说。然后转身快步去了旁边的办公室，迅速拿来了一副崭新的口罩。

"来，我帮您戴上！"女医生动作轻柔，口罩上沿露着的眼睛，满是温柔的笑意，像两湾月牙泉。

"现在，我以一个医生的名义，命令您就地休息，继续睡觉，我来替您照顾那些孩子！"女医生说得有些动情，声音颤抖着，像一匹风中哗啦啦飘荡的绸缎。

"谢谢阿姨，谢谢！"男孩看着女医生，再看看满脸疲惫的女人，快乐地笑了。

女人也笑了。那笑里，荡漾着丝丝温暖和爱意。

呜呜，肉包子

那是我上高一时的一个端午节。城里孩子都欢天喜地回家过节了，留下我们5个农村孩子在空荡荡的宿舍里发呆。

那年月，物资极度匮乏，吃饱肚子都是奢望。饥饿好似厚颜无耻的妖魔，总是纠缠着我们。

待到肚子顽固唱响空城计的时候，两个小孩突然登门造访。他们是班主任林老师的两个儿子，正读小学。老大长得干干瘦瘦，像棵豆芽菜。老二却矮墩墩的，缺少海拔。

"我爸爸让你们赶紧去开会！快点！"老大像个小将军，两手叉腰命令我们说。

于是,俩小孩前脚刚走,我们后脚就小跑着到了林老师家门口。林老师家在简陋的教师宿舍最顶楼。等我们一口气爬上 4 楼,长期的饥饿让我们变成了 5 个耄耋之年的老头,剧烈地喘息不止。

"要吃饭了,现在去不好吧,要不……"我小声对其他人说。

"要不什么? 赶紧进来! 老师的命令也敢违抗? "伴着那声音,门缝里探出张中年女人蜡黄的脸,甜甜地笑着。她一把拉住走在前面的我,对其他 4 个说:"快进来呀,还站着干什么? 哎呀,都大小伙子了,还害羞吗? "

我知道她是林师母。听同学们说,林师母爱笑,果然名不虚传。那笑像开在她脸上的花朵,馥郁芳香,灿烂夺目。

林师母热情地安排我们坐在了饭桌旁。那盆硕大饱满,热气腾腾的包子,就张扬地摆在我们面前,像一群小精灵,对我们挤眉弄眼,拼命诱惑着我们饱受饥饿折磨的肚子。

林老师一直在厨房忙活,仿佛并不急着召见我们。林师母也转身去了厨房。

这不明摆着折磨人吗? 我的口水野马一般在口腔里奔腾。我可不想在老师面前丢人。我站起来,朝厨房方向说:"林老师,你有什么事儿,就赶紧说吧,免得耽搁你们吃饭呢! "

林老师和林师母闻言,赶紧双双走出来。每人手上都端着饭碗,里面盛着热气腾腾的稀饭。

"现在,我们开会! 今天的会议主题,就是研究如何快速消灭这一盆包子! "林老师挥舞着大手,嗓音洪亮,精神抖擞,俨然一个能征善战、运筹帷幄的将军。

林老师第一次在我们面前笑了。那笑容那么和善,那么温暖。我们也笑了,笑掉了满身的紧张和窘迫。

林师母边给我们分发筷子,边笑了说:"快吃吧,别凉了,你们老师最担心的,就是怕你们攻不下这个阵地呀,加油!"

"我相信,我的学生是富有战斗力的!来,我带头!"看我们还是沉默着,没动筷子,林老师首先夹了一个包子,自己啃一口,咂咂嘴,再递给师母说,"你尝尝,味道不错嘛!"

看我们还扭捏着没动筷子,林老师加重了语气说:"怎么,老师都带头冲锋了,你们还想当逃兵呀?快吃,这是命令!"

我们的筷子终于动起来。大家小心翼翼地吃了一个,是肉包子,新鲜的肉,白嫩的豆腐,青翠的葱花。那种香,是我这辈子品味的人间极品!

看我们终于放开手脚,狼吞虎咽地吃起来,林老师一拍手掌,笑着对师母说:"你看,我的士兵战斗力不错吧?哈哈哈!加油,这里还有一盆稀饭,统统消灭!"

在林老师和师母的热切注视和监督下,我们干干净净地消灭掉一盆包子和一盆稀饭,撑得肚子滚圆。而他们,只笑眯眯地看着我们,自始至终没动筷子!

当我们告别林老师,艰难地走下楼梯时,碰到了林老师的两个孩子刚从外面回来。

远远地,听到俩孩子的对话。

老大说:"弟弟,快跑,妈妈蒸的包子准熟了,我想吃,都好久没吃过了!"

"哥哥,等等我,你不许一个人抢光了!"

俩孩子旋风般冲上楼梯。

片刻,林老师屋里传来了俩孩子的哭号:"呜呜,肉包子,我们要吃肉包子!"

"这不有馒头吗?一样好吃!"是师母的声音。

"不,我们要肉包子!呜呜,肉包子!"是俩孩子不依不饶的哭闹。

那声音像柄柄钢刀,一下一下地割裂着我们的心。后来我们从俩孩子口里得知,那天他俩来通知我们"开会"后,被父母有意"安排"去玩了半个小时。

高考那年,我们5个人不约而同地报考了师范学院,而今都走上了三尺讲台。虽然我们的学生不再缺少一顿鲜美的肉包子,但我们都非常愿意用当年林老师的情怀去疼爱他们,让他们在生活和精神上都不缺少"肉包子"。

前两天,我们5个人同时参加省里的优秀教师表彰大会,又回忆起那段往事,依旧是泪流满面。

愤怒的手机

高三了,班主任刘老师明令禁止使用手机,本来是理所当然的事情。可是,那些手机仿佛故意跟他作对,依旧顽固地在教室里、宿舍里、校园里,或者震动,或者歌唱,非常兴奋地表达着学生们的热烈情绪,对刘老师的禁令不理不睬,置若罔闻。

刘老师为此加大了巡逻力度。自习课堂,他抱着书本端坐在讲台上,耳朵警惕地听着动静;别的老师上课,他不知疲倦地在教室的窗户外监听,如侦查重大案情的警察。

然而,那堂数学课上,他还是听到了一部手机频繁的震动声。也许,慑于他的威严,学生不敢伸手关机,便只得任由那手机顽固地震动着。在他高分贝讲解声音的掩盖下,那手机声音似有若无,细若游丝,却牵扯得他的心很疼很疼。按规定,他可以马上采取措施搜寻,当场销毁那手机。可他又清楚地知道,农村孩子的手机金贵,都是父母的血汗钱换来的。父母本来出于好意,买了手机方便和孩子沟通,促进高三学习,可学生们却用来上网打游戏聊天,浪费宝贵光阴。

想到这里,他强压心中翻卷的怒涛,神色平静,依旧声音洪亮地讲解着。

下课以后,他找到班长,询问班里最近使用手机的情况。班长苦笑着说:"禁而不止,只不过从地上转入了地下。"

"那你的手机呢? "刘老师问。

"多数和父母联系,汇报学习,偶尔也打游戏,聊天上网。"班长红了脸说,"主要是有时管不住自己,好多同学都是这样。"

刘老师听了,脸色凝重,陷入了沉思。

那节数学课,刘老师依旧讲得神采飞扬,精彩纷呈,同学们听得如痴如醉。"亲爱的姑娘,我爱你,让我走进你的世界和你在一起……"突然,从班长座位上传来了悦耳动听的手机铃声,扣人心弦。刹那,所有的目光都聚焦到那里。那声音像一张神奇的大网,牢牢套住了同学们对黑板专注的目光,也严严地笼罩了刘老师那出色的演讲。

全班的目光像一剂麻药,班长霎时像被麻醉了,呆愣着不知所措。刘老师刚才还生动活泼的课堂表情,瞬息被冻结了一般,刷地就冷却了,阴沉得像要下暴雨。他啪地将三角板教具扔在讲台上,径直走向了傻呆呆的班长。

"傻瓜,声音那么大,这下完了。"

"就看老班愿不愿意拿班长开刀。"

"难哪,毕竟是班长嘛。"

那些细若蚊蝇嗡叫的议论声，还是清晰地传到了刘老师耳朵里。

"拿来，你太不像话了！"刘老师的手刷地伸向了班长，像一柄利剑。班长乖乖交出了已经停止歌唱的手机，还是一副被吓傻的模样。

啪，啪，咚——尽管做好了"暴风雨"来临的思想准备，同学们还是没料到刘老师的"暴风雨"会来得那般猛烈。手机被重重地摔在地上，竟调皮地弹跳到旁边的课桌上。刘老师满脸青紫，呼呼直喘粗气。他再次用力地抓起手机，拼命地摔下去，还咬牙切齿地狠狠踩上了一脚，像面对有着刻骨仇恨的敌人。

邻近的同学一刹那便看到了满地手机的碎片，零散的，四处都是。他们张大的嘴巴好半天没能合上。

那节课，刘老师没再讲，只留下一句语调决绝的话，就转身离去了。那句话久久在教室里，在同学们心中回荡：大家要引以为戒，以后还有类似事件，班长的手机便是下场！

大家再次把目光对准班长，七尺汉子竟小女人一般趴在课桌上抽泣，引得许多心软的女生频频将关怀的目光投向那里。

下课后，班长主动到了刘老师办公室。身后，同学议论说："快看，请罪去了，真可怜呀，手机毁了，还视作违纪，真是赔了夫人又折兵！"

办公室里，刘老师看看班长红红的眼圈，动情地说："真是难为你了，孩子，你演得真像！"

"刘老师，你能把自己的手机摔坏，为大家做出那么大的牺牲，我的表演算什么？"

"你的手机就放我这儿，以后不能经常使用手机了，就每周末到我家里打电话和你父母联系吧，只是委屈你了。"刘老师说。

"老师，我那不算委屈，能够跟老师一起为班里同学的进步作点努力，是我的荣耀啊。"班长有点激动，眼圈重新红了，他接着说，"老师，你放心吧，相信这次杀一儆百的举动会起作用的！"

那年,刘老师的班级取得了高考的全面胜利。毕业晚会上,班长含泪讲述了刘老师那个苦肉计的故事。同学们唏嘘感叹,热泪盈眶。

打 包

宿舍里每个前来看望孩子的家长都要请其他同学撮一顿,这是儿子在电话里反复告诉父亲的。为此,临走时,母亲特别让父亲多带了200元,说再怎么样,客是要请的,不能让孩子在同学面前没面子。虽然那两百元钱需要父亲在建筑工地背一星期的砖才能挣到,可父亲想想也是,儿子是村里这些年唯一考中的大学生,给他挣足了脸面呢。

父亲被儿子领到了一家高档餐厅。父亲看看那装修精美的门面,和门口站着的漂亮礼仪小姐,迟疑着不肯进去,他知道价钱贵。可儿子根本没看父亲的表情,他只一味地催着父亲快点,说同学已经在包间等着了。

父亲来到了儿子所说的包间,那3个同学早坐好了。见到父亲,恭敬地问着好,父亲就忙着从破旧的旅行袋子里一大把一大把地抓着他带的土特产,往那些孩子的怀里塞,有花生、核桃、大枣……那3个孩子边接东西边不停地道谢,父亲听着心里很温暖。再看身旁的儿子,也望着父亲笑,那样子很满意,父亲心里就像庄稼丰收了似的高兴。

开饭了,桌上摆着满满的菜肴,五颜六色,香味扑鼻,都是父亲从来没有见到过的。父亲在外打工的时候，只在街旁的小摊上吃过面条。父亲似乎被那气派的菜肴镇住了，半天只啧啧赞叹着没动筷子。孩子们却不客气，拿起筷子就熟练地操作起来。儿子在一旁说："爸，快吃呀，一会儿就凉了。"

父亲看着满桌的菜肴说："这菜是不是太多了？我们只5个人，能吃完吗？"

"吃不完就算了，这是包席，本来该有这么多菜的，你快吃吧。"儿子说。

其他孩子也附和说："叔叔快吃吧，你坐车也累了。"

果然如父亲所料，虽然5个男人狼吞虎咽地狠狠地敞开了肚子吃，可最后还是剩了不少的菜。父亲已经将肚子撑得生疼生疼的，那些菜还是没能装下。

父亲乞求地看着那些孩子，有些不好意思地说："同学们，你们看能不能每个人再吃点，这菜剩下这么多真可惜！"

孩子们打着饱嗝说："叔叔，我们真吃不下了，要不你再吃点吧。"

父亲赶紧摆摆手说："我是吃不下了，再吃就撑坏了。这样吧，这菜挺好的，我能不能找个袋子装上？"

"爸，你要打包？"儿子吃惊地问父亲。

"啥叫打包？我是说把这些菜带上，反正付了钱的。"父亲嗫嚅着说。

"打包就是把菜带上，带上干什么？咱们宿舍里又不能热了吃，再说了，现在谁兴打包？谁还吃剩菜？"儿子的语气生硬而强烈，仿佛父亲打包的事情让他很生气，"你问问，这些同学的家长来请客的时候，谁打过包呀？"

父亲半晌没吭声，片刻说："是这样的，家里不是有两条看门狗嘛，它们这辈子恐怕都难吃上这么好的东西，我给它们带点回去，反正扔了也是扔了。"父亲说着,在服务员的帮助下,将那些菜满满装了两大袋子。

结账的时候,父亲掏出了200元钱。他想,在乡集上吃饭最多几十块,这儿再贵也就一百多吧。然而,服务员却眼巴巴等着父亲再拿钱。儿子在一旁不耐烦地说:"爸,少了,忘了告诉你,我们包的是500一桌的。"父亲被雷击一般,愣在那里,半天没作声。父亲手里只有200元,余下的是给儿子的生活费,为了安全起见,装在他内裤口袋里,可现在怎么取呢?父亲就慌乱地给儿子递眼色,儿子瞪了父亲一眼说:"怎么又装那里?"便不耐烦地领着父亲进了厕所取钱。

结完账,父亲心里很疼,像被生生剜去了一块肉,鲜血淋漓。孩子他妈腰椎疼了许久,一直舍不得抓药,说要等儿子读完大学再说。可儿子请客一顿就吃了500,那钱,能抓多少药呀!父亲想着,眼眶就潮潮的。可他还是挤给儿子一个笑说:"牛娃,我就不到你学校去耍了,这钱本来是给你的生活费,刚才吃饭多用了300,回去我再给你寄来。"

儿子很诧异,说:"你不是说要在这儿多住几天吗?""不了,这些日子乡里修房子的人家多,我回去好歹帮忙背砖挣些钱。"儿子没吭声,他其实也不想父亲留下,父亲是宿舍里所有父亲中最穷的,儿子已经很没面子了。于是,儿子默默地送父亲坐上了回程的火车。

两天后的晚上,母亲兴奋地给儿子打来电话说:"牛娃,你让你爸给我带的菜呀,香着呢,城里的东西就是好吃。这不,你爸说,他一路上也没买什么,就喝开水吃那些东西回家了,余下的专门给我留着。他还夸你懂事呢,说知道买些好吃的孝敬爹娘了。你爸还说,让我千万别告诉你。我就悄悄给你打电话,我儿子读大学懂事了,妈心里高兴着呢……"

儿子听完电话,僵在那里,像一截木桩。

母 爱 无 声

母亲悄然将她叫出教室，欣喜地告诉她说："娃，妈在学校食堂里找到了一份勤杂工作，虽然工资不高，一个月就 500 块，可妈每天可以看到你，免得让我成天地扯心扯肺地想你了。"她看着母亲笑开了花的眼角皱纹，脸色便一下子阴暗下来，她不想让同学笑话自己母亲干那么低贱的工作，于是说："妈，那活儿苦，你另外找个活儿干吧。想我了，我回来看你。""不，妈就在这儿，你不知道自从你到城里读高中，妈就天天夜里梦见你。"母亲固执地带点孩子气地说。

说不过母亲，她就脸色阴郁地进了教室，全然没顾及身后母亲那复杂的表情。

那天到食堂打饭，虽然是故意去得晚晚的，可她还是遇到了正在收捡碗筷的母亲。幸好去时是只身一人，当母亲远远地向她投来关切而甜蜜的笑容时，她也勉强地笑了，但那是担惊受怕的笑，她怕同学突然看到自己和母亲的关系。不幸的是，走出食堂的时候，偏偏有一个同学热情地问她："刚才对你笑的那女人，你认识吧？"她慌乱地不置可否地点点头，又摇摇头，然后飞快地逃离开去。

那以后，她不再去母亲工作的一楼食堂打饭了，她怕再遇到那样的尴尬事儿。

从此，每当经过一楼食堂的门前走向二楼食堂的时候，她心里总有一种隐隐的愧疚感,她想走进去,可一想到同学那鄙夷的目光,又退却了。有好几次路过食堂门口的时候,她甚至感觉到了母亲远远投来的关切的目光,可她从不敢抬头去迎接。

那一天,班里的一个女生忽然带给她一包东西,是一楼食堂的一个女工带给她的,说是她的家里人托那女工转交的。她一听,顿时明白了是怎么回事。急忙打开看,果然是母亲带的满满一袋子吃的,都是她平日里最爱吃的东西,有的还是她曾经在母亲面前念叨,母亲手头紧没来得及买给她的。那包零食里,还有个纸条,上面是母亲那歪歪扭扭的字迹:娃,妈不会打扰你的,你安心念你的书。你放心,妈知道怎么做的。你要好好地保重身体。别担心妈,这儿活轻,还能远远地看见你,妈心里高兴着呢。你也别来看妈,妈忙着,也顾不上跟你聊。

看了那字条,她的泪一下子滚落下来。为自己的虚荣,为自己的无知,更为了母亲那份深沉的爱。

那以后,她更加努力地学习着,可就是看望母亲的念头还是被虚荣心理强烈地压制着。有几次,她甚至想跨到母亲工作的身旁,甜蜜地叫一声妈妈,可母亲却只朝她笑笑就转身忙去了,于是她又释然地朝二楼食堂走去。

有一天,她照例途经一楼食堂门口的时候,惯性地往里一瞥,竟没有看到母亲的身影和笑容,她以为母亲肯定在里间工作,便没在意。当她在二楼食堂那个熟悉的窗口打饭的时候,那个面容慈祥的老太太边递给她饭盒边悄声对她说:"你妈妈给我说好了,你以后就在我这儿打饭吧。这是她给你的信。"她疑惑地接过信,边吃饭边展开来:娃,看到这封信的时候,妈已经找到了新的工作,就在城里的一处建筑工地上。活儿不算苦,钱还比这儿挣得多呢。以后要是工地上休假,妈就穿得体体面面地来看你,让你在同学面前也风光风光。

她吃着看着,泪就默默地流了好长好长。那以后,她发现那个老太太不仅对她比以前好多了,还每次总给她多打些菜。慢慢地她就习以为常了,以为老太太特别地疼爱自己罢了。直到那一天,老太太将她叫到一边对她说:"孩子,你知道我为什么每次多给你打些菜,这都是你妈给预付了钱的。她还让我别说,怕你知道了不肯吃,说你太节约了。你妈去建筑工地打工也是为了你呀。孩子,要好好读书,你妈太不容易了,她太爱你了。"那一刻,她的泪潸然而下。

两周后,母亲果然来看她了,真的穿着新衣服。可她看出来了,那衣服是最便宜的劣质货。她不自然地摩挲着母亲的衣服,眼泪就在眼眶中打着转转。突然,她在母亲的衣兜里摸到了一张字条。母亲慌乱地来抢夺的时候,她已经清楚地看到了那是一张母亲签给工头的领条,上面清楚写着那月的工钱 800 元。她的泪又禁不住滚落下来。母亲抬手为她抹泪,那手的粗糙生生地刺痛了她的皮肤,还有她的心。

泪就在那一刻重新汹涌起来,为了爱,为了那份无声的母爱。

回　　校

该是回校的时候了,男孩拥着女孩在街角上了一辆三轮车。这种车是小城快被淘汰的产品了,只敢在夜里悄悄出来拉客。

车夫戴着顶破旧的棉帽,帽檐压得低低的,仿佛有意掩饰久居深山里的愚昧与怯弱……车夫卖力地蹬着,深躬的身影在朦胧的夜色里像拉满的一张弓,也像一只逆风冲刺的鸟,憋足了劲在挣扎。不一会儿,传来车夫如牛般粗重的喘息。

"要不下去走走,他蹬得也太吃力了。"女孩的声音里有几分怜悯。

"别,咱是拿了钱的,要物有所值嘛。"车夫听了男孩的话,微微地停顿了一下,随即又像铆足了劲的耕牛,埋着头,呼哧呼哧地,艰难前行。

三轮车在郊区的公路上颠簸不停。女孩也许有点受不了了,嗲声嗲气地抱怨说:"让你找出租车,你偏找这种破三轮,颠簸死人了,真受不了。"

男孩立即嬉笑着讨好地说:"不是没钱了吗?刚才咱们在火锅店把钱用光了,真不好意思,下次我一定多带点钱,不再让你受这罪了。"男孩说完,很响地亲了女孩一下。

女孩轻轻推一下男孩:"讨厌!"然后问,"对了,你爸是干啥的?他一定很有钱吧?"

"具体在外边干啥我也说不好,他只是让我别担心,说他每月能挣两三千,让我放心地念书,别担心学费。"

"那他每月给你多少生活费?"

"不多,就1000呗。"

"1000呀。我爸才给我600呢。唉,也怪我姐姐读大学花得太多了。"

"别担心。以后,我再向爸多要点,我有了,你不就有了?"

"那你爸知道了怎么办?"

"不会的,他一向只关心我的学习成绩,不关心我用多少钱。"

"那你那成绩对得起你爸吗?"

"对不起又怎么办,我不得找机会陪你吗?哪有时间刻苦啊?他问起成绩了咱就骗呗,能骗多久是多久。"男孩说完就又把嘴巴凑向女孩,女孩躲闪着,嘻嘻笑作一团……

三轮车像是生气似的狠狠地颠簸了一下,男孩女孩立刻止住了笑:

"喂,老头,搞什么吗?"车夫默不作声,车子像飞一般在路上疯跑。"我怕!"女孩的声音有些颤抖。"怕什么,这就是飙车呢,感觉真爽。对了,下星期天我带你去蹦迪怎么样?"男孩搂着女孩豪气十足地说。

"好吧,咱们再多带几个朋友,不过说好了你请客哟。"女孩高兴起来,快乐地说。

"好吧,包在我身上!"男孩把胸脯拍得"咚咚"直响。

三轮车终于在离校门不远的地方停了下来,男孩女孩相拥着下了车。

男孩习惯性地将两元人民币递给车夫。车夫没接。男孩再递,车夫还是没接。男孩以为车夫嫌少,便在兜里翻找着,打算再补上一元钱。可找了半天也没找出来。女孩在一旁催着不耐烦地说:"快点,要关大门了。"

男孩终于没找着,抬起乞求的眼睛看车夫。车夫正瞪着血红的眼睛盯着他。男孩看着,看着,忽然就惊恐地跪了下去:"爸爸!"

暗夜里,车夫的眼睛里有两团火,在旺旺地燃烧……

清　明

又是清明时节。蒙蒙细雨里,孙钊独自一人来到了母亲的坟地。

母亲的坟茔孤零零地坐落在半山腰。母亲临走时说,她要看到孙钊和爸爸过上好日子,要远远地守护着山脚下的家。

好日子? 没了母亲,日子总是冷冷清清的。尤其是爸爸出门打工后,家里就剩下孙钊和继母,继母又老是吃药,家里经济总是捉襟见肘的。孙钊感觉不到日子的好。

孙钊正在遐想,远远听到继母在叫他:"孙钊,孙钊,你忘了端祭品了。你这孩子,来你母亲坟地,也不告诉我一声!"

孙钊没理她,心想,给我妈上坟,也不用告诉你!

继母近了,递给孙钊一个大大的果盘,说:"祭奠亡灵,必须得表示心意呀! 来,摆上吧!"

孙钊恭敬地将那果盘摆放在母亲坟前。

盘子里装着新鲜的水果,有红彤彤的苹果,有紫莹莹的葡萄,有圆溜溜的橘子,都鲜得让人眼馋。那些水果很金贵,眼下当地没有,是从远方运来的,平时家里从来没买过。盘子里还盛着两小碟肉片和蔬菜。

"这是香,我来帮你给你妈妈点上吧!"继母说着,亲手麻利地将香点上。

袅袅烟雾里,孙钊仿佛看到了母亲曾经温和亲切的面容,泪水盈满眼眶。他想起了母亲点点滴滴的温暖和爱抚。那些快乐而美丽的童年时光,随着母亲的病逝一去不复返了。孙钊的泪水就轻轻地滑落。

"想哭就哭吧,有啥话就说给你妈妈听。阿姨没把你带好,让你受委屈了,对不起!"继母声音哽咽。

孙钊听着,对母亲的思念顷刻化作了滚滚泪水,唰唰流淌,怎么也控制不住。他跪下给母亲磕了头,流着泪跑走了。

刚跑不远,他清晰听到了身后传来伤心欲绝的哭泣声,是继母的。孙钊停下了脚步。

继母的哭诉那么哀婉凄切,如羌笛悠悠。

"大姐呀,我是春香。我来看望你了。大姐呀,这些年,我操持这个家,小心翼翼地对待钊儿,我生怕他苦着、累着,生怕他吃不饱,穿不暖。我时时处处小心对他,可他就是不肯正眼看我一下,不肯亲亲热热地叫我一声呀。大姐,你不知道,当初进这个家,我就是把孙钊当亲儿子疼的,这么些年,自己虽然没有生育,可我也有一颗母亲的心啊。

"你知道吗,那次他病了,发高烧,我守到半夜里,眼泪都要流干了。我生怕他有个三长两短,我无法给你交差呀!还有那次,他和狗娃打架,头上一个窟窿,直冒鲜血,我吓得哇哇大哭,背到医院缝了8针,我差点把魂都吓掉了呀!

"大姐呀,这么些年,我一直在等,等哪天,孙钊长大了,知道我的好了,就听他亲热地叫我一声妈妈。可是,大姐,我怎么就老是等不到呢?医生说,我这病,也没几年活头了,可我还盼着钊儿结婚娶媳妇的那一天呢,你说,我能等到吗……"

孙钊的泪水就在继母绵绵不绝的诉说里长长地流淌。往事电影样在他眼前铺展开来。

孙钊叫继母阿姨。甚至阿姨都很少叫,更多的时候,是叫她"喂"。上学了,孙钊说:"喂,学校要交学费,1200 元。"继母就微笑着默默递给他厚厚一沓钱。

月末了,他在电话里说:"喂,这两天学校考试,不放假,我的生活费又完了。"继母说:"别急,我马上赶车给你送到镇上来。"每每,继母总多留给他几十元,说:"学习紧,别节约,吃好点!"孙钊觉得那是理所当然的,钱是爸爸打工挣的。

那次丢了课本在家里,没法上课,他打去电话说:"喂,我忘拿课本了,能不能找人帮忙送来?"他知道那些天农忙,继母正在家里割稻。

继母没有托人送,她亲自来送书了。继母赶到学校的时候,孙钊刚起床,是早上的6点钟。几十里山路,也就说继母得半夜就赶路。继母递给孙钊被晨露濡湿的书说:"这书宝贵,我怕人带丢了,就自己来了。"

临走,孙钊看到继母一瘸一拐的。

那次放假回家,邻居王婆婆对他说:"你妈半夜给你送书,滚下山崖,腿摔肿了,幸好没骨折。"

想到这里,孙钊再也忍不住了,他回转身,风一般冲到了母亲坟前,跪在那里说:"妈妈,我不是个懂事的好孩子,这些年,我让阿姨伤心了,我对不起……"

"孩子!"继母猛地抬起泪眼,望着孙钊,笑了。泪水在脸上快乐地跑动。

下山了。路滑。继母走在前面,走着走着,突然滑倒了。

孙钊迅疾伸出手一把拉住她,哽咽地说:"阿姨——不,妈妈,小心点!"

"好,好,儿子,谢谢!"继母没有转身,但她哭泣耸动的瘦削双肩,孙钊看到了。他的泪水也涌出来,和着清明的蒙蒙细雨,洒落满地。

家 书

母亲终于从昏迷中慢慢醒来。睁开眼睛,见父亲红着双眼坐在床边正静静地看着她,便吃力地问:"你咋了,没睡吗?"

父亲揉了揉红肿的眼睛,说:"你没醒来,我也睡不着。这下好了,总算醒过来了。医生说,你的手术很成功呢,只要保养得好,一周后就可以出院了。"

母亲点点头，轻轻地笑了笑。父亲说："你身子弱，再睡一觉吧。"母亲听话地点点头。

母亲再醒来的时候，父亲赶紧将一碗热气腾腾的米粥端到了床边："来，吃点吧。医生说，你得多少吃点儿。"

母亲却叹口气说："唉，不知道咱儿子还好不好，我刚才迷迷糊糊梦到他了。"

"啊，梦到他啥了？"父亲的表情有些吃惊。

"梦到他又长高了，还当了班长呢！"母亲的脸上满是欣慰的神色。

"说啥瞎话呢，梦到当班长是有可能，梦见长高咋会呢？他都二十好几了。"父亲说着，背对着母亲，悄悄地擦了擦眼睛。

第二天早上，母亲从睡梦中醒来的时候，父亲笑着举着一封信说："你看，咱儿子来信了！"

母亲着急地说："快，给我念念，写些啥呢？"

父亲便从信封里拿出信来，展开，念起来：妈，听说您做了手术……

"啥，你把我做手术的事儿给儿子说了？不是说好不说的吗？"母亲嗔怪地看着父亲。

父亲咧嘴一笑，说："我寻思着，咱儿子该知道嘛。不过，我没说那么严重，只说是个阑尾炎小手术，叫他别担心。"

见母亲没说什么了，父亲又开始读信：妈，儿子远在边防，任务在身，不能回来看您老人家，您一定要好好保养。地里的庄稼活儿也别管那么多了，先养好了病再说。您不要太节约，养病要跟上营养，该吃的就吃，让咱爹多给您买些补品。对了，忘了告诉你，咱们部队又加工资了，随信给你们先汇5000块钱，慢慢积攒了再汇来，您一定要保养好身体……

听完信，母亲欣慰地笑了说："咱儿子懂事多了，知道说些暖心窝子的话了，还挺中听的呢。"

父亲就笑了说:"那是,咱儿子就要提拔了嘛。"

"真的? "母亲欣喜起来。

"不是你梦见的吗? "父亲笑了说。

母亲差点笑出了声。父亲赶紧摆摆手说:"别大声笑,小心伤口! "母亲就掩了嘴巴,嘴角却有一丝掩不住的笑纹。

住院的那几天,父亲每天都给母亲读一封儿子的信。父亲说,知道母亲住院的事儿,儿子一并写了好几封信一起寄了,说要在母亲住院的日子给她些安慰呢。儿子在每封信里都对母亲说了不少贴心的话。母亲每每听着,就舒心地笑,有时笑得眼泪都出来了。笑了又说:"真好,咱这儿子越来越懂事了。咱养这一个儿子顶人家养几个呢,他爹你说是不是? "父亲便赶紧应和说:"那是,那是,咱的儿子嘛,错不了! "

出院回到家里,母亲养病,父亲在家附近做农活,隔一会儿便回家看看母亲,给她倒杯水,陪她说会儿话,和她一起看看电视。母亲有时也撑着从床头拿起父亲买的水果,慢慢削了给父亲喂到嘴里。看着父亲吃得香香的样子,母亲就笑了说:"你就像咱儿子小时候,贪吃! "

听到儿子,父亲就愣一下,却马上又笑了说:"对,咱儿子嘛,父子咋不像呢? "母亲就快乐地笑了。父亲看着母亲笑,也笑了,皱纹挤得满脸都是,密密匝匝的,像层层稻浪。

隔个十天半月的,父亲便给母亲读儿子的信,那些信里都有着许多令母亲高兴的事儿。

儿子说,他又立功了,母亲就笑了说,咱的儿子就是争气,不是孬种;儿子说,他要提拔当班长了,母亲就笑了说,提拔了好,好找女朋友呢;儿子说,他的一位高中女同学给他写信了,他们有可能谈朋友呢,母亲就开心地笑了说,我快有儿媳妇了;儿子说,他们营地虽然冷,冰天雪地的,但可有意思了,不上岗的时候,就逮兔子,捉山鸡,可好玩了,母亲听了也笑,还说,这小兔崽子,还皮,跟小时候一样……

在儿子温暖的书信里，母亲度过了她人生的最后时光。那天，母亲要走了，她拉着父亲枯瘦的手，泪水流得老长，老长。她说："他爹，你说句实话，咱儿子是啥时候牺牲的？"

父亲吃惊地睁大眼睛，继而号啕大哭说："就在你动手术那天。我原想不让你知道的，你咋……"

母亲吃力地说："我不认识字，可我看得出那字不太像咱儿子写的。是你吧？可苦了你啦。我想，只要你高兴，我就假装不知道……他爹，我就最后一个心愿，你一个人一定要好好地过，找个老伴儿吧，别太苦了……"

父亲的泪水成串成串地，落在母亲渐渐冰凉的脸上……

鲜花送给谁

鲜花送给谁

这是一个忙碌的星期天。从早上睁开眼的那一刻起,她便在心里酝酿着怎么给李民一份惊喜。

李民是班里唯一的残疾孩子,母亲又早早地去世了,留下他和父亲相依为命。由于小儿麻痹症,落下了腿瘸的毛病。那孩子,心性太敏感,又从不喜欢麻烦他人,总是默默地吞咽自己的苦恼。

从走进这个班级的那天起,她就默默地给予他关照和疼爱,悄悄地送给他几本资料书,背地里塞给他几包好吃的,偷偷地给他留下一件新衣服。每次她都能从李民的眼睛里读出感激的泪光,可她从来只是温和地给他一个心照不宣的微笑,因为她知道,李民已经是 15 岁的大孩子,而且有强烈的自尊心,她不能因关爱反而给他带去伤害。

这次,她特地嘱咐担任班委的同学,要他们偷偷地排练送给李民的节目,千万别让他知道了,而且送给他的礼物也不要太贵重,最好是自制的卡片。

等她匆匆忙忙地准备好送给李民礼物的时候,已经是傍晚了。当她赶到教室,孩子们已经张灯结彩地布置好了。教室里洋溢着喜庆的气氛。

晚会进行得非常顺利。同学们都拿出了自己最高的表演才能。表演相声的将大家逗得捧腹大笑,唱歌的唱得声情并茂,跳舞的跳得柔美多姿。她特地观察着李民的表情。那孩子终于露出了少有的笑容,而且笑得那么灿烂,那么动人,尽管还没告诉他这就是专门为他准备的晚会呢。她的心里也不由得暖暖的,能给他一个愉快的生日夜晚,这是她由衷的心愿。

晚会进行到高潮部分,该切蛋糕了。她走到门外,变戏法似的拿进一个蛋糕。学生们都欢呼起来。她深情地说:"同学们,今天是我们班一个同学的 15 岁生日,我们聚在一起衷心地祝福他生日快乐。自从走进这个新班级以来,他学习勤奋刻苦,屡次名列年级前列。尽管他身材瘦小,可他一直尽心尽力地帮助他人;尽管他曾遭遇许多的不幸,可他却依旧默默无闻地将幸福带给别人。大家猜一猜,他是谁呢?"

她的话音刚落,学生们异口同声地说:李民!她看到李民的眼睛里闪动着激动的泪花。她捧着一大束鲜花边走向李民,边说:"让我们一起唱响生日快乐歌,祝福他吧。"

"王老师,等一等,其实今晚还有另外一个人过生日,你怎么不知道呢?你不会是偏心吧?"听到班长的话,捧着鲜花的她,一下子定格在了教室中央。

看着班长认真的眼神,她一下子就蒙了:不可能吧?我将记事本翻了个遍也没看到还有谁的生日在今天呀,难道有人故意写错时间吗?难道是我看花眼了?想着,她不由得露出了歉意的笑容说:"真的对不起,也许,老师是粗心大意了!"

"老师,把给我的鲜花送给另外一个过生日的人吧,也算我借花献佛了。"李民站出来深情地微笑着提议说。

"好吧,谢谢李民的理解,那就只好委屈李民同学了。老师就把这束鲜花转送给这位被遗忘的同学吧。请这位同学站出来接受我的道歉,好吗?"

"您不用给她道歉了,老师。是这样的,她嘱咐我们说,只要您能猜出她是谁,她也就原谅您了。"班长笑着说。

"是吗,这么简单的条件呀。好吧。"她自信对学生的了解。

"她中等身材,穿着朴素。"班长首先说。

"她心里只有别人,唯独没有她自己。"娇小的刘燕深情地说。

"她做事兢兢业业,尽职尽责。"

"她常常告诉别人要笑对生活,却总在他人成功时激动得泪流满面。"

"她经常原谅别人犯错,却从不允许自己出错。"

"她经常身先士卒,要求别人做到的自己先做好。"

…………

她默默地听着,努力地想着。听学生们给的谜面,那孩子应该是一名干部同学吧,是哪位呢? 她真的难住了,因为经过她的教导,所有的干部同学几乎都能做到这些。对了,爱激动流泪的应该是团支书高小敏吧。

就在她准备激动地说出高小敏的名字时,没想到班长一下子站起来说:"老师,您不用猜了。同学们,让我们一起来告诉老师这束鲜花该送给谁吧。"

"王老师,鲜花该送给您自己呀! "听了学生的回答,她一下子愣住了:今天也是自己的生日呀!

"祝您生日快乐,祝您生日快乐……"她还没回过神来,教室里已响起了欢快的生日祝福歌。与此同时,她还发现每个孩子都变魔术似的从课桌里拿出了一大束鲜花,那是春天原野上最美丽的野花。

她的泪一下子涌出来,挂在脸上,晶亮晶亮的,就像春日早晨的露珠……

微　　笑

　　许微微欢蹦乱跳地走在上学的路上,因为她昨夜做了一个美丽的梦。

　　在梦里,许微微笑得眼泪都出来了。那咯咯咯快乐清脆的笑声,把妈妈吵醒了。妈妈轻轻推醒了她,问她笑什么。许微微从朦胧的梦境中醒来,却无比清晰地对妈妈说:"妈妈,我梦见李老师对我微笑了。她还摸了摸我的脑袋呢。""这孩子,我当什么事儿呢? 快睡吧,明天还上学呢。"妈妈嗔怪着,拍了拍许微微的脑袋说。许微微又睡着了,脸上还挂着甜甜的笑。

　　此时,许微微走在上学的路上,想着那个美丽的梦,还是忍不住快乐地笑出了声。

　　是呀,自从进入初中以来,班主任李老师就没对她笑过,因为她成绩不好,在班里老是倒数一二名。许微微自己也觉得委屈,她已经够努力了,可那些数学呀英语呀什么的,乱七八糟的符号老是进入不了她的大脑。她只对语文感兴趣,可李老师从来不抽她答问,总叫那些成绩优秀的学生。

　　许微微边走边想着,不知不觉就进了教室。坐下才发现,往日里闹哄哄的班级静悄悄的。还没到上课时间呢,这是怎么啦? 她悄悄问旁边的同学,原来李老师第一节要上公开课,让大家预习课本呢。许微微赶紧行动起来,她做得很积极,她甚至梦想着李老师能够在这次公开课上抽到她,可她知道那只是梦想。

上课了,许微微坐在最后一排,她的身后有长长一排听课的老师。许微微已经习惯了,反正她一直坐后面,每次都和那些听课的老师近距离接触。

那节是作文课。李老师讲得声情并茂,许微微听得专心致志。李老师讲课的声音很美,同学们一直都非常喜欢。同学们说,他们更喜欢上公开课的李老师。那样的课堂上,李老师的微笑特别多,特别美。如果不是公开课,李老师就严肃多了,脸孔总是板着,像结着冰霜的寒冬。所以大家都特别喜欢上公开课,因为都想看到李老师美丽的微笑。

许微微边听课,边看着李老师的微笑。看着看着,许微微突然激动地发现,李老师几乎一直在对着她微笑呢。许微微的心怦怦地欢跳着,像一只在野地里撒欢的小兔子。李老师真的把许多的微笑给了许微微呢。许微微明显地感觉到了,她禁不住也对李老师露出了一个甜美的笑。李老师边热情地讲解着,边不停地对着许微微笑。许微微像喝了满满一罐蜜,甜到了心底里。

开始作文练习了,题目是《我的一个梦》。拿到题目,许微微就情不自禁地笑了:对,就写昨晚的那个梦。想着,便挥笔写起来。因为有着真情实感,那篇作文,许微微几乎是一气呵成,流畅得无懈可击。

等李老师抽同学朗读的时候,从来不敢在课堂上举手的许微微实在按捺不住满心的激动,一直顽强地高高地举着那只手。可李老师,一直对着她微笑的李老师,却把目光果断地转向了别处,根本没有叫她的意思。当两个同学读完他们的作文,许微微心里更加难受了,她觉得他们根本没有自己写得精彩。于是,她再一次顽固地举起了手。

李老师微笑着看着她,迟疑了片刻,还是抽到了她的名字。许微微激动地站起来,声音颤抖地,却又激情饱满地读完了自己的作文。

当课堂里传来经久不息的掌声时,她才从梦中醒来一般,朝着对她微笑的李老师咧嘴笑了。那笑容灿烂的脸上,却挂着两颗滚烫的泪滴,是激动的泪。

由李老师主讲的公开课获得了专家的一致好评,在点评的时候,专家组组长声情并茂地说:"微笑,是轻拂的春雨,能让人的心灵变得湿润;微笑,是绽放的鲜花,能让人的心情变得优美;微笑,是曼妙的乐曲,能让人的灵魂变得安静。正是李老师如春雨、如鲜花、如乐曲一般的微笑,让这堂课变得丰富生动而又多姿多彩。"

李老师的心里很内疚,这些年自己对差生关注得实在太少了,更不用说笑对他们。公开课上的微笑本是送给坐在许微微后排听课的专家们的,却让许微微如获至宝。不过这已经不再重要,因为从那以后的语文课,李老师的脸上总是挂着微笑。那微笑,像轻拂的春雨,像绽放的鲜花,像曼妙的乐曲!

悠扬的琴声

儿子10岁了,学习成绩优秀,也挺听话,是个人人都夸的好孩子,可有一样不好,就是练琴缺乏自觉性。眼瞧着别的孩子十八般武艺样样都会，我心里便有着无形的压力，我怕。于是，恩威并施，我想着法子地逼他练琴。

那天傍晚下班回家后，习惯性地倾听他屋里的琴声，竟然安安静静的，没有一丝声响。推门一看，原来他睡着了，静静地趴在钢琴上，口水沿着琴盖流下来，形成了一条清亮的小溪。他的脸上挂着甜甜的笑，像正在做一个美梦。我的满腔怒火顿时灰飞烟灭。

这时，窗外传来悠扬的小提琴的声音。我探头一看，是邻居的孩子。那孩子跟儿子一般大，此时正沉浸在音乐的美妙里。听说那孩子已经参加过好几次大型的演出活动了，在这座小城里小有名气呢。想到这儿，我连忙叫醒了儿子："快弹，你听窗外邻居那孩子拉得多好，你将来也得跟他一样，知道吗？"

在我的催促下，儿子又步入了练琴的正轨。每天下班回到家，听到儿子屋里传出的虽不太动听的旋律，我的心就快乐起来，疲惫也一扫而光。也许是我的强化训练有了效果，儿子练琴进步很大。

一天，儿子怯怯地对我说："妈妈，我想给你提个要求。"大概看我脸色不太好，他马上补充说，"是跟练琴有关的。"我的脸色马上缓和下来："说吧，只要是为练好琴，妈妈肯定满足你！""我希望以后练琴的时候，你不要站在旁边督促，那样我会紧张的。""好吧，只要你好好地练习。"

果然，儿子练琴刻苦了许多，也进步了不少。开始还弹得断断续续的曲子，几天后就无比流畅了。每天下班后，我边做家务边听着那悠扬的琴声，心里甜滋滋的。有时做着家务我便幻想着有朝一日儿子会和邻居家的孩子一样幸福地登上舞台，接受如潮的掌声。那时，我会在台下充满自豪地陶醉着，陶醉在儿子的成功里。

那些日子，儿子总是拼命地练习，我甚至听不出间断，一遍一遍不知疲倦地练着。也许过些日子便可以去考八级了，我想。果然，没过几天，儿子主动提出去考级的事儿，说学校的老师组织所有练钢琴的学生一起去考级。我打算陪着儿子去，他竟然说："妈妈，不用了，你放心吧，有老师和同学呢，我能行的。"说完还自信地朝我笑了。以前儿子考级都是哭着吼着被我逼着去的，可这次……想到这儿，看看儿子可爱的样儿，我忍不住朝他竖起了大拇指。

儿子考级回来说非常顺利，只是证书一时还没颁发。更令我欣慰的是，儿子练琴更加刻苦了。每天放学回家就钻进自己的小屋关上门开始练琴，依旧是反复地练习，依旧是优美的旋律，听得我心里暖暖的。

那天，我悄悄地来到儿子房间门外。我不想打扰他，只偷偷从没有拉严实的窗帘往里看。我努力地探着，想尽力看到我可爱的儿子此时正沉醉弹奏的样子。可是，扫视完整架钢琴，琴声依旧，却不见弹奏的人。我吃惊地再次睁大眼睛：不错，真的没看到儿子的身影！可一小时前我是亲自看着他走进房间的。再说了，那琴声是从哪儿传出的呢？

想到这儿，我连忙去开门，门是反锁着的，琴声也戛然而止。打开房门，我清楚地看到了儿子脸上的慌乱。扫视房间，我只看到摆了满地的航模。那些东西已经被制作得很完美，原来……我怒火中烧，抓起一个航模狠狠地扔到了地上。那东西瞬间便碎成了块儿。

儿子扑通跪到地上，抱着我的腿，哭着说："妈妈，我错了，别摔这些航模，求求你了！我这次没去考级，是去参加航模比赛了，我得了一等奖，老师让好好准备，一个月后去省里参加比赛。妈妈，我爱航模，我爱航模啊……"儿子连珠炮地说着，一双泪眼可怜巴巴地望着我。

"原来你一直没有练琴，那琴声……"我气得说不出话来。儿子怯怯地从衣服里拿出一个小型录音机，一按键，那悠扬的琴声便传了出来。

这时，儿子迅速从地上爬起来，麻利地转身给我捧来了那张烫金的航模比赛的奖状。看看那大红奖状，再看看儿子泪流满面的样儿，我心里五味杂陈，好半天说不出话来……

红　　包

　　今天，县委李书记感到心烦意乱。一方面要准备省里作为试点在本县召开的农业产业结构调整大会，一方面要有条不紊地开展日常工作。更重要的是，父亲被确诊为胃癌晚期，自己却没多少时间去陪陪他，只得让母亲和妻子在医院陪着。还好，父亲通情达理，也让他先忙工作，别管他。想到父亲，李书记心里就不是滋味儿。老人病倒前还在坚持着担任村支书。他屡次让父亲退下来，可乡亲们就是不同意。直到被查出病，父亲还在田间地头为老百姓奔忙着。老人是被李书记"绑架"到医院的，临走了都还惦记着村里兴修水利的事儿。

　　秘书小张匆匆走进来，悄悄附在他耳边说："李书记，昨天那人又来了，还提着个大箱子。"李书记一听就来气了："让他走，昨天我不是已经向他讲明政策了吗？那是违反原则的事儿，不能办就是不能办！"小张忙退了出去。原来是乡下一个自称是李书记远房亲戚的建筑包工头，要承包县里正准备修建的广场工程，还悄悄对他许愿说，事成之后，利润三七分成。李书记当时便婉言回绝了他的要求。广场修建是公开招投标的，他一个人岂能暗箱操作？可没想到他今天又来了。

　　正想着，只听外面吵吵嚷嚷的，原来是那人死活不肯走，说一定要面见李书记。李书记只得让他进了办公室。一见面，那人笑了笑说："李书记,工程的事儿成不成没关系,你不能断了我们的亲戚关系吧,这一箱苹果你一定要留下!"说着还打开了箱子,果然是一箱新鲜的苹果。李书记只得再次向他解释了工程承包的难处,请他理解,然后极不情愿地收下了那箱苹果。

那人刚走不久,李书记便让秘书腾捡苹果。捡着捡着,秘书就停住了,原来发现了一个大大的红包。李书记马上让秘书拿着红包去追那人,却不见踪影。无奈之下,李书记只好将红包交到了纪委,原来包里装着5000元钱。

中午去看望父亲的时候,李书记不由得说了他的"遭遇",父亲看着他,笑了说:"怎么不收下呢? 那5000元能办大事儿呢。"李书记疑惑地看着父亲,父亲却笑了说:"你有你做事的原则,只要坦坦荡荡做人就好!"母亲也附和说:"孩子,你爹说得对,做人啦,就要问心无愧。"李书记听了,深深地点点头。

事隔三日,李书记又遇到了送红包的事。来人说是下了岗,听说县里招考城管员,让李书记帮忙想个办法,留个名额。实话说,这种事儿要说办是办得到的,毕竟那人符合招考条件。可让李书记不能理解的是,他一个下了岗的,哪来钱送红包? 那人拼命把红包往李书记怀里塞。李书记不断躲让。那人却将他逼到了墙角,自己站到窗口,看着窗外,果决地说:"今天你要不收下,我就从这儿跳下去!"李书记看他一脸认真的样子,急了,赶紧劝他说:"要不,留下你的电话号码,我一定想办法给你办好,到时再通知你,好吗?""不行,我听人说,这年头,不拿钱办不了事儿,你不收我的钱,就意味着不会给我办事,你一定要收下!"说着又做出要跳的样子,吓得李书记赶紧伸手接过了那红包。那人终于千恩万谢地走了。李书记当即将红包交给秘书,让城管员招考过后就还回去。

再去看望父亲的时候,李书记没给他说有人送红包的事儿,怕他担心。因为这几天,父亲的病情恶化了,整日里不断地呻吟。他让医生给父亲用最好的药,拼尽全力抢救,可医生只摇头说:"李书记,太晚了,我们能做的,只能让老人家尽量少受点折磨。"李书记听了,有说不出的难过。

第二天,他正在办公,秘书小张进来悄声对他说:"李书记,刚才又一个找你办事儿的,又送来一个红包。我害怕再给你找什么麻烦,就直接说你不在。他死活要留下红包,说电话给你联系。""那红包呢?"李书记紧张地问。"红包我想方设法让他拿走了,只说事情我一定转达。"李书记这才深出一口气说:"看来你也成熟了,处理得好!"小张不好意思地笑了。看到小张的笑容,李书记不由得想到了父亲,病重的父亲,要知道他这么处理,也会高兴地笑了吧,他想。

然而,他还来不及给父亲说他处理红包的事儿,父亲的生命就走到了弥留之际。那晚,父亲将他叫到床头,吃力地告诉了他一个秘密。原来,这些年的官员腐败之案让父亲成日里替他提心吊胆,生怕他会出什么意外。知道自己的时间不多了,为了检验儿子是否清廉,彻底走得放心,父亲将平生的积蓄做了红包请人做了那三场"演出"。当知道儿子确实是做着好官,父亲这才彻底放下心来。

听到这儿,李书记激动地哭了,他拉着父亲枯瘦的手说:"爸,您放心吧,我绝不会做对不起老百姓,对不起良心的事儿……"听了他的话,父亲吃力地轻轻地拍拍他的手,绽出一个满足的微笑,幸福地闭上了眼睛……

女 孩 草 儿

　　草儿的生命快走到尽头了。在这个陌生城市的陌生医院里,草儿受到了医生护士的许多关照,可草儿的病太顽固了,再高明的医术也留不住她。

　　当草儿从医生悲伤而惋惜的眼神里知道这一切的时候,她对父亲说:"爹,我想回老家看看。"父亲就用他粗糙的堆满茧疤的手摸着她的脑袋说:"闺女,医生说你这病不能颠簸的,听话,等病好了,爹就领你回去。"爹说那些话的时候,极力地忍着泪水,然而有几滴还是不争气地跑出来,挂在黝黑的苍老的脸上。草儿的泪也就忍不住悄悄地爬了满脸。泪光里,草儿的心思就回到了故乡。

　　草儿是个苦命的孩子,4岁就没了娘。爹一个人拉扯她长大。草儿又是个幸运的孩子。草儿是吃着百家饭,穿着百家衣长大的。小时候,爹干活的时候,就用根细绳将她像小狗一样地拴在田地旁的树桩上。草儿饿得哇哇直哭,爹就喂她山泉水。每每这时,邻居婶子总会来"解救"她,抱着又是哄,又是亲的。草儿不会梳辫子,爹的手笨,邻居盲奶奶就手把手地教她,教她梳出漂亮的小辫子,用绸带扎个蝴蝶结,把她扮得像个公主般美丽。邻居的哥哥姐姐拿她当亲妹妹看待,有好吃的,好玩的,总先让着她。一年四季,草儿都能穿上漂亮的衣裳。那些衣裳是邻居的大娘大婶子们一针一线给她缝的,虽然是些碎布头拼凑的,可细针密线的,精精巧巧的,穿着很耐看。

慢慢地草儿大了,上学的草儿是个聪明的学生,年年考第一。爹就没日没夜地挣钱,想让草儿好好地读书。可那一次,爹在石山上做活儿,被滚下来的大石头砸断了腰,从此不能做重活,草儿家就一天天窘迫下去。那天,草儿把书包从学校背回家,对爹说:"我不读书了,我要挣钱养活你。"爹就抱着她哭。那一年草儿 12 岁,刚读初中一年级。

乡亲们知道了,坚决地将草儿送进了学堂。他们说,就是砸锅卖铁,也要送草儿读书,草儿是他们村的骄傲呢,因为她是村里考出的第一个初中生。就这样,在村里人的帮助下,草儿顺利读完了初中,没想又考到了离家更远的城里的重点高中。村里人高兴啊,给她请了电影放了一整夜,庆贺村里飞出了一只金凤凰。草儿却躲着偷偷哭了,她担心那巨额的学费,她知道村里人都不富裕。

到了学校才知道,她的担心是多余的,学费已经被学校免去了,草儿就那样高兴地跨进了神往的新学校。生活在她面前铺开了金光大道,草儿铆足了劲地努力学习,成绩总稳定在年级前列。老师说:"草儿,加油吧,你的前途一片光明呢。"

然而,有一天,草儿从教室往外走着突然就晕倒了,面色苍白,吓得女生尖声惊叫。草儿被送到医院。草儿竟然得了一种罕见的血液病,很严重,需要很多钱治疗。草儿就瘫软在医院里,她的眼前一片灰暗。是老师和学生轮流开导她,让她重又看到了生活的阳光。全县都给她捐款了。那天,捐款的广场上比过年都热闹,人们争着抢着往捐款箱里塞钱。草儿在一旁看着,开始是笑容灿烂,一会儿就泪流满面。

草儿住进医院里,医生护士对她也特别亲。有个阿姨老把自家的饭送到她的床前,有时还亲自喂她吃呢,阿姨说:"你跟我女儿一样大,就当我的女儿吧。"草儿就羞涩地笑了,然后又高兴地哭了。

现在,草儿躺在雪白的病房里。草儿的思绪还在蔓延。

曾经，草儿有个梦想，长大了挣好多好多的钱，给村里盖所学校，让村里的孩子都能读书，再建个看病不要钱的医院，让邻居的盲奶奶能重见光明，还要给现在的母校建座大型图书馆。而这一切，现在都不能实现了。草儿想着泪水又流出来。她得到这么多爱，她要回报呀，这是草儿的夙愿，可现在……

那天，草儿要走了，父亲抓着她瘦弱的手，默默地流泪。草儿颤抖着将一封信交给父亲说："爹……一定……要按……我说的……办……"父亲点点头，将那封信紧紧地攥在手里。

草儿在夜色里走了，父亲哭得肝肠寸断。医生按她的遗嘱，将她的眼角膜移植给了村里的盲奶奶，还将一对肾脏和一个肝脏捐了出来，她的遗体做了医学解剖。

漂亮妈妈

在这个偏僻的小镇上，人人都知道她的名字，只因为她的特别。3岁时，小儿麻痹症让她永远地失去了行走的美丽。她只能靠着一只矮矮的小凳子撑在地上作依托，撑一下挪动一下，像只缓慢爬行的小蚂蚁。

她是女人，长大后的她也渴望着，像别的姑娘一样穿上红艳艳的新嫁衣，走进洞房，然后去圆一个女人最纯真、最美好的梦——当一位母亲。可谁会娶她呢？没有劳动能力，连生活都靠年迈的母亲照顾。可那个梦想是那么强烈,那么真切,她多么想拥有一个可爱的孩子啊!多少次她都真真实实地搂抱着小婴儿温润可爱的身子,笑得泪水长流。然而,那一切的美丽却是在梦里。

25岁那年,她终于圆了梦想。或许是她的诚心感动了上天,竟然有人在小镇上丢下一个女婴,而这个女婴又恰恰被她第一个发现。那是一个尚在襁褓中就被遗弃的长相可爱的孩子。她给她取名叫阳阳,自从有了那个小东西,她的生活从此充满了阳光,充满了希望。哪怕小婴儿清脆的啼哭,她听着,觉得都是生活流淌的歌谣。在母亲的帮助下,她快乐而满足地做着母亲。她为阳阳织了很多小衣服,上面满是栩栩如生的小猫小狗图案。怪不得阳阳老穿着满大街炫耀,还奶声奶气地说:"看,这是我妈妈做的。"每每那个时候,她就倚在小凳旁,眯着眼睛笑。那笑容冲淡了所有熬更守夜的疲劳。

阳阳上幼儿园了,别人家都有爸爸妈妈接送,可阳阳只能自个儿去。一来她行走不便,更主要的,她怕自己的出现,会让阳阳在小朋友中没有面子,受人讥笑。幸亏阳阳很听话,也很懂事。走过几道窄窄的巷子,穿过两条小街,幼儿园就到了。每天,她都艰难地撑着小凳子挪到街口,看阳阳蹦蹦跳跳地穿过巷子,直到那跳跃的小小辫儿不见了踪迹。多少次,她在阳阳身后默默地挪动,默默地流泪:为什么自己不能像别的妈妈,背着抱着搂着阳阳去学校,让她享受到浓浓的母爱呢?

那天,学校请家长去开会,同时观看孩子们的节目。当阳阳告诉她这个消息时,她的心疼得缩成一团。她的担心终于来了,怎么办呢?年迈的母亲早已耳聋眼花,去了也白去。失眠了一宿,天亮时,她找到居委会王大姐。王大姐听完她含泪的诉说,感动了,决定为她找一位漂亮的替身妈妈去开家长会。第二天,当她哄着阳阳跟替身妈妈出了门后,自己躲在屋里忍不住放声大哭。她是多么想去看看阳阳在舞台上的表演呀。可她怕,怕她的出现,会伤害幼小的阳阳稚嫩的心灵。

她在矛盾中煎熬，在痛苦中抉择，最终一种无形的力量将她推出了门，她要去学校看阳阳！撑着小凳子，艰难地挪过一道道巷子、一条条街道，终于满头大汗地来到幼儿园。

音乐声戛然而止，表演节目的孩子停下来了，打节拍的老师也诧异地看着她。她愣了，傻坐在那里。哪怕在幼儿园的孩子面前，她也显得那么矮小。她甚至不敢抬起目光搜索阳阳的身影。她拼命地后悔，后悔不该来。

正在这时，一个稚嫩的声音响起："妈妈！"她张开低沉的眼睑，抬起头，花蝴蝶般漂亮的阳阳朝她飞来："妈妈，你怎么来了？"阳阳站在她身旁，亲切地搂着她的脖子。她已经说不出一句话，任由幸福的泪水使劲儿地流淌。阳阳忙掏出手绢，轻轻地为她擦掉脸上的泪痕，说："妈妈别哭，阳阳表演节目给你看吧。"果然，下一个节目就该阳阳和小朋友了。在舞台上，阳阳漂亮的小脸像绽放的向日葵，一直向着她灿烂地开放。

多美丽的阳阳，那是我的孩子！她在心里快乐地笑着。

演完节目，阳阳将手中的道具小花别在了她的头上，轻声对旁边的老师说："老师，你看，我的妈妈多漂亮！"年轻的女老师一直被母女俩感动着，此时忍不住俯下身搂住了阳阳和阳阳的妈妈，说："是呀，阳阳，你的妈妈真漂亮！让我们为她鼓掌吧！"

顿时，春雷般的掌声，响彻了整个校园！

亲情作业

给父母写一封情真意切的感恩信，这是老师布置的一项作业。王浩接到这份作业时，痛苦不堪。他不是没有能力完成这份作业，而是极不情愿。

王浩的父母已经"内战"几年了，家里早就乌烟瘴气，鸡犬不宁。每每回家，王浩宁愿将自己关在屋里，也不愿意听着他们唇枪舌剑地吵，看着他们大动干戈。前段时间，母亲和父亲已经分居。父亲几个月难得回家一次。家不像家，王浩的亲情作业如何完成？给他们写信吧，要求1000字，那1000字写出来，王浩害怕会是满腹牢骚之言，满纸辛酸之辞，还不如不写。然而，作业的复印件是要交的，还要父母致学校的回信，他知道无法造假。

那些日子，看着周围的同学忙着伏案疾书，写着感恩信，王浩真的坐立不安。更要命的，有些同学在宿舍里写着写着，竟然泪流满面，仿佛他们正面对可亲可敬的爸爸妈妈倾诉着衷肠。有学生写完了信，擦干泪水，还深情地给同学讲述父母对自己点点滴滴的好。有位父母双双下岗的同学，讲到父母为供他上学节衣缩食、吃苦受累的情景，竟唏嘘不已，最后哽咽难言，弄得在场的同学也泪眼婆娑。王浩也流泪了，为那同学的浓浓亲情而感动，也为自己不幸的家庭而伤感。他的家庭没那么困难，父母收入都不错,可一直以来,为何他们不能像别人的父母那样相亲相爱,他不明白。因为屡屡的心灵创伤,他心里充满了对父母的怨恨。

可那份作业是无论如何得完成的,眼看着宿舍里只剩下他一个人没交作业了,他焦灼不安。

那天,他只得去别班同学那儿借了份作业,龙飞凤舞地抄袭起来。抄着抄着,他竟被那内容感动了。那同学在信里深情地回忆了小时候和父母相依相伴的美好情景:一起上公园,一起爬山,一起划船,一起看电影,一起唱歌……看着那同学的信,王浩的眼前也不由闪过一幕幕同样的情景。那些情景依旧是那么真切而温暖,那是王浩如今唯一的美好回忆了。那同学还讲述了长大后,父母如何关心体贴自己,伴着自己一起成长的经历。然而,那样的经历在王浩的生活中是少之又少的,几乎被父母近几年的内战风云给冲淡了,淡得无迹无踪了。他抄着,心里很痛。可他还得接着往下抄,因为要达到1000字的要求。抄着抄着,王浩的泪水就下来了。他多么希望那同学描绘的美好家庭画面如今能在他的家里上演,可他知道那已经是梦想了,永远不可能实现的梦想了。所以,当抄到文末对父母诚挚的感恩和问候的时候,王浩委屈和痛苦的泪水竟然不可抑制地滴落在了信纸上。看着那被泪水洇开的字迹,王浩的心里更是酸楚异常。寄走那份作业,他如释重负,长吁了一口气。

日子一天天过去,宿舍里不少同学都陆续收到了父母的回信。那些父母在信里都很感动,为自己孩子的感恩情怀激动不已。有些同学还公开在宿舍朗读了父母的来信。那些传达着浓浓亲情的文字沁人心脾,暖人肺腑。王浩听着,既感动,也很羡慕。可他知道,他的回信是永远不会抵达的。父母只热衷于他们的斗争,从来不会在乎他的感受。他伤感地想。

那天,是周末,王浩正在宿舍发呆的时候,有人在宿舍门口叫他。那声音熟悉而陌生。他抬起头,竟是父母。那一刻,王浩恍如在梦中,一切来得那么突然。

那天晚上，父母双双满面含笑，态度温和而慈祥，仿佛亏欠了他十几年的爱都堆砌在他们的脸上。

父母将他带到了一家高级餐厅，一家人围坐在桌边的时候，王浩的眼眶潮潮的，想哭。这种一家人其乐融融聚餐的情景只是在梦中出现过。那天晚上，父母出奇地和谐，一个给他端饭，一个给他夹菜，连嘘寒问暖的话语都是高度一致的。母亲说："儿子，在学校不要太节约，要吃饱。"父亲马上接着说："对，要吃饱，正是长身体的时候，亏不得。"父亲说："儿子，在学习上要勤奋，得学到真本事。"母亲接着说："对，现在这个社会，找工作全靠真本事。"他听着，心想，也许父母专门和他的这次聚会，是最后的晚餐了。他们将结束旷日持久的内战了吧。

果然，临走时，母亲塞给他一封信，说："儿子，有些话，妈妈不好当面给你说。爸爸妈妈觉得很对不住你，这信你稍后看看吧。"王浩接过信，望着母亲匆匆离去的单薄的背影，心里沉甸甸的。看来，果然不出我的预料，真是最后的晚餐。他气愤地想。

看着母亲一步三回头恋恋不舍地转过街角，他一扬手，将那信扔进了垃圾箱里。

第二天晨会时，校长读了一封热情洋溢的感谢信，信是一位家长写的。信里说，由衷地感谢学校让孩子们写的感恩信，是这份亲情作业挽救了他濒临破灭的家庭。校长读得声情并茂。王浩在心里暗自好笑。真有这么大功能的作业，我都做一百遍了，他想。

那晚上，母亲打来电话，问他："儿子，你看信了吗？"他谎称看过了。母亲声音里都含着笑："那你原谅爸爸妈妈了？"他没作声。母亲接着说："妈告诉你吧，你爸彻底改好了，回家了！儿子，全靠了你那份亲情作业。儿子，妈感谢你，是你那封信挽救了我们的家庭！你爸爸说了，放假时，我们都来接你！"

挂了电话,王浩愣在了那里。后来,王浩得知,他扔的那封信,被一个同学拾到,交到了德育处。那信封里,有一封是他父母写给学校的感谢信。德育处的老师打开一看,发现他们布置的亲情作业竟有如此大的功效,就又交给了校长。

校长今天读的,正是王浩丢进垃圾箱的那封信。

证 明 清 白

又是一节自习课,学生们沉浸在各自玩乐的痛快中,看小说的如痴如醉,侃大山的眉飞色舞,听音乐的摇头晃脑。

正在这时,班主任王老师推开门走了进来,他习惯性地扫视了一眼教室。学生们紧张地正襟危坐,他们正等着暴风雨的来临:要么是又一次的恨铁不成钢的说服教育,要么是又一次的风卷残云般的大收缴。然而,沉默以后还是沉默。有学生憋不住了,站起来主动将闲书、随身听等交了上去。王老师没有说话,只是默默地将那些东西一个个分别送还给了学生本人。学生的目光里都写满了疑惑和不安。平心而论,他们不该惹王老师生气,因为王老师是个敬业爱生的好老师,一上任就大刀阔斧地施行"新政",把这个无人愿意接手的烂班给治理得井井有条,而且连续两次月考都取得了很好的成绩。

这时,班长主动站了起来,他说:"王老师,我们的自习纪律不好,我们知道错了，你有什么要说的就直说吧，别跟我们生闷气了。"其他学生也附和："王老师，别生气了。"

"同学们，王老师没生你们的气。王老师是生学校里某些老师的气呢。"王老师终于说话了，却声音低沉，"你们知道吗？你们两次月考成绩都很优秀，个别老师说那绝不是你们的真功夫。那意思很明显，就是说你们的成绩是作弊得来的。"

听到这儿，学生们都不满地吼起来："我们没有作弊，没有作弊！"

"说真的，作为班主任，我也很想相信你们，然而，人言可畏啊。更主要的是，现在大家都长时间沉浸在成功的欢乐里不能自拔。这样下去，下次的月考肯定是失败。一旦失败了，那你们作弊的恶名还能洗清吗？用什么来证明大家前两次都是真枪实弹拼出来的胜利？只有靠努力，靠大家依然优异的成绩来说明一切，来还大家一个清白。所以我想，是继续玩乐而背负作弊的恶名，还是奋起努力再展班级雄风，我相信大家都是明白人，会做出正确选择的！"说完，王老师走出了教室。

目送王老师沉重的背影，教室里一下子静极了，静得掉根针都听得见。这时，猛然听见一串掷地有声的话语："同学们，难道我们就甘心做孬种吗？不，我们要奋起，要用成绩证明我们的清白！大家说好不好？""好！"一个整齐的声音在教室里回荡，一张张青春的脸上激情飞扬。

那以后，自习课上，教室里安静极了，只听到笔在纸上游走的沙沙声。学生们的脸上都洋溢着进取的热情，胸中都激荡着一股豪气，班上的学习风气空前地浓厚起来。每当有人在偷懒时，同学们就会义正词严地批评他说："你想继续背负作弊的恶名吗？你想给班级丢脸吗？"被批评的同学常常总是羞愧无言地低下头去，然后以努力学习的实际行动投入"战斗"。那段日子，同学们像回到了紧张的中考阶段，个个都绷紧了神经的弦。有好多同学还常常起早贪黑地学习，熬得双眼红肿。同学们互相探讨,互相切磋。那个共同的目标将大家连在了一起,班级空前地团结和温暖。

第三次月考,班级依旧取得了优异的成绩。那天晚上的班会总结课上,王老师对同学们所取得的成绩给予了充分的肯定。班长站起来说:"王老师,这下我们班的恶名该洗清了吧?""当然,这叫谣言不攻自破。同时,你们也证明了自己优秀的潜质、拼搏的精神。今天,我可以很自豪地说,我们的班级是个了不起的班级!以后,希望同学们能继续发扬这种敢打敢拼的精神,那样,大家的明天一定是光辉灿烂的!"

本来,王老师还想告诉同学们事情的真相:那所谓作弊的说法其实是他杜撰的。可他转而一想,算了吧,毕竟这谎言是善良的,况且已经发挥了它美好的作用,就让它永远地活在记忆里吧。

寻 找 小 偷

"马老师,我钱丢了!"下午刚上课,刘刚垂头丧气地走进班主任办公室,对马老师说。

"丢了多少,在哪丢的?"马老师关切地问。

"200块,昨天我妈刚寄的。今天早上走得急,我随手放在枕头底下,中午回宿舍一看,钱不翼而飞了。"

"都谁知道你把钱放那儿了?"

"宿舍里的人都知道吧。因为我这人比较马虎，每次都把钱胡乱塞一下就走了，但以前从来没丢过呀！"

"你是自作自受，谁让你把钱放枕头底下的？你是诱惑别人去偷！"马老师有些生气，他沉默片刻又说，"当然，也不排除你自己马虎，放忘地儿了！"

"不会，我记得是放枕头底下的！马老师，我在宿舍里一说，有几个同学都说，估计是胡军偷的。"刘刚附在马老师耳边低声说。

"没凭没据地乱说，是要定诬陷罪的！"马老师严肃地说。

"什么诬陷呀？他家条件不好，前些天，他母亲住院了，父亲是残疾，姐姐读大学。他自己都说，家里穷得快供不起他了！你说不是他是谁？"

"谁让你这么乱下结论的？你再敢乱给别人定罪，我可饶不了你！你说，这话要是传到胡军耳朵里，他能不生气吗？"

"他生气什么？大家都怀疑他！只是没明说罢了！"

"千万不能说出来，知道吗？这事要是传出去，他怎么在班里做人呢？不许宿舍里的同学再胡说，我负责给你调查一下。如果，再听到你给别人乱下结论，我可生气了！"马老师脸色铁青，剑眉倒竖，一副怒张飞的样子。

那天傍晚，马老师找到刘刚，生气地指着他的鼻子说："你个刘刚啊，我说你学习上怎么老马马虎虎的呢，你看就你这丢三落四的毛病！今天，我到你们宿舍仔细翻找了，差点把你们宿舍弄了个底朝天。你估计我找到钱没有？"

"您找到了？"

"当然！你猜我在哪儿找到的？"

"胡军的床上！"

"你又在胡说！我在你床上找到的！你个马大哈，自己放忘地儿了，还怀疑这个怀疑那个？我真想给你一拳！"马老师先是怒气冲冲，后又展眉一笑说,"为了给你点教训,我故意没拿走,下了晚自习,你自己找去吧!但有个条件,找到了,别不好意思说,必须当着大家的面承认自己的马虎,以此洗清其他同学的嫌疑,好不好?"

"好,只要钱找到了,怎么都行!"刘刚摸着后脑勺说。

"这才像个男子汉嘛!"马老师赞赏地拍着他的肩膀说。

第二天,马老师又找到刘刚问:"怎么样,钱在哪里找到的?"

刘刚红了脸说:"我真是马虎,看来确实放忘地儿了,在席子底下找到的!谢谢马老师,辛苦你了!"

"宿舍的同学都看你找到了吗?你当场扫除嫌疑了吗?"马老师急切地问。

"都看到了!他们欢呼雀跃,比自己找到钱还高兴呢!我给他们道歉了,说不该乱怀疑别人,以后一定小心保管好自己的钱物!马老师,真是对不起,给您惹麻烦了!"

"给我惹麻烦倒没什么,只是以后别再给宿舍同学惹麻烦了!另外,友好对待胡军,别让他看出你曾经怀疑过他,记住了吗?"

"记住了!"刘刚快乐地说。

那以后不久,马老师费尽周折,悄悄给胡军找到一个困难资助名额,每学期3000元。他不希望胡军那样的学生,再因贫穷被无端猜疑。

两年后的毕业晚会结束后,马老师在自己办公室的地上,捡到一封从门缝里塞进的信。展开来,是电脑打印的文字,看不出笔迹。

信里这样写道:

亲爱的老师,就要分别了,我多么舍不得离开您!请别问我是谁,我也没有勇气告诉您我的姓名。两年来,我一直备受煎熬,却始终没有勇气走进您的办公室,承认那桩丑陋的事情。确切地说,刘刚那200元是我偷的!可是,我万万没有想到的是,您竟然让200元钱又飞回去了。老师,是您用自己的钱垫支的,我知道!只有我清楚真相,我无数次在深夜里感动得泪流满面,更是羞愧得无地自容,可是,我最终没有勇气面对您!亲爱的老师,请您相信,我是一只涅槃的凤凰,在您爱的火焰里焚烧新生了!我向你庄严承诺:今生今世,我将永远铭记师恩,也将永远牢记老师的教诲,做一个对社会有用的、真正的好人!

看完那封信,泪水悄然滑过马老师的面颊。他轻轻推开窗户,仰望苍穹。繁星闪烁,颗颗明亮,就像学生们那一双双清澈明净的眼睛。

原　　则

学生会女干事站在教室门口的时候,孙老师正在给学生训话。

他说:"有些同学做事老是松松垮垮,不说搞学习,连清洁卫生都搞不好,真是不像话!像这样,将来……"

"报告,孙老师,我检查清洁!"

"好,你随便检查!"孙老师转头看她一眼说。女干事神态严肃地走进教室,开始检查清洁。

孙老师继续训话:"人生,重要的素质是负责任。只有做事敢于坚持原则,敢于负责的人,将来才能成就大事,才能……"

女干事左手拿着记分册,用白皙干净的右手摸摸教室的桌凳,摸摸电视机的屏幕,连门口的电扇开关都被她摸过了。孙老师看她检查得很仔细,便停下了训话,目不转睛地看着她工作。

"请这位同学站起来一下，我要踩一下你的桌子！"女干事微笑着对一个男生说。

那男生极不情愿地站起来。女干事麻利地给右手戴上雪白的手套，熟练地爬上桌子，踮起脚尖。桌子便轻轻摇晃起来。女干事弯下腰，脸色发白，胆战心惊的样子。

周围学生好奇地看着她，如在欣赏魔术表演。

"快，帮忙把桌子撑住！"孙老师命令站在女干事旁边的男生说。男生赶紧稳稳地撑住了桌子。女干事长长地吁口气，伸出右手，远远探出去，朝她头顶高高悬挂的电灯摸索而去。一下，踮起脚尖，又摸了一下。

女干事缩回手，看了看白色手套上明显的污渍，朝孙老师摊开手掌展示说："孙老师，你看，这电灯上面没擦干净！"

"我知道，你继续检查！"孙老师说。

女干事从桌子上跳下来，褪下手套，揣好，再从兜里掏出一张纸巾，将刚才踩过的桌子仔仔细细地擦拭了一遍。临走，歪着头，对着光看了看，不放心似的，又把桌面擦了一气，才微笑着对那男生说："谢谢你！"

男生反倒不好意思地红了脸。

女干事走到教室的后门边，踮起脚尖，伸出手去，摸了摸门框上面，然后看看手上的灰尘，皱皱眉头。孙老师就跟在她身后，把她的动作表情看得一清二楚，便也跟着皱皱眉头。

女干事猛回头，看到孙老师，便又皱皱眉，摇摇头。她走到教室的墙角。那里长年堆放着清洁工具，已经成了卫生死角。

女干事回头看看孙老师紧张的表情，调皮地笑了笑。那笑容，细小得像微风里的一圈水纹。

女干事俯下身，挪开了堆放得整整齐齐的清洁工具。垃圾兜下是几圈污渍和水纹，还有几张废纸片，上面依稀留着单词的痕迹。几把团结紧密的扫帚下面，更是触目惊心：污水、纸屑、零食口袋、几根长发。

女干事直起腰,朝孙老师努嘴示意。孙老师没看她,却把威严的目光对准了班长说:"来,你也来参观一下,你是怎么指挥搞清洁的?"

班长是个男生。他满脸通红,走到女干事身边,低声说:"请你手下留情,好吗?"

女干事没吭声,继续检查。她走到饮水机前,将机身抹一抹;走到教室的角落里,蹲下仔细查看瓷砖地板的亮度;走到窗子跟前,将窗框擦了又擦……

"哪有她那样检查清洁的?简直比海关都严!"

"是啊,平日里,其他干事就跟走马灯似的,跑得比风还快。你看她在我们教室里待多久了?"

"就是,仿佛我们跟她有仇似的,检查得那么仔细!"

"对了,那谁呀?刚来的吧?怎么那么不懂规矩?做学生会工作的,谁不睁只眼,闭只眼?就她像包公判案——铁面无私!"

"哼,假正经!"

…………

在同学们嘤嘤嗡嗡、细若蚊蝇的议论声里,女干事一直面带微笑,泰然自若。

孙老师呢,也不言语,背着双手,在教室里踱步,静候检查结果。

"报告,检查完毕!"女干事微笑着,但语气坚定地说,"孙老师,你们班此次检查共扣去8分,请您过目,并签字!"

"我不签,清洁是他指挥的,让他签!"孙老师站在教室门口,阴沉着脸。

班长应声而到,跑得飞快。他颤抖着在扣分栏里签字。

"知道哪些方面扣分了吧?"孙老师问班长。

"知道了!"

"知道怎么改进清洁卫生管理了吧?"

"知道了！"

"知道怎么学会责任下放，怎么让他们做事负责了吧？"

"知道了！"

"知道了怎么尽到做班长的责任，怎么做事坚持原则了吧？"

"知道了！"

"知道了就好！你去吧，下不为例！否则重罚，这是原则！"

"知道了！"

看着班长的背影，孙老师突然将女干事轻轻拽到了教室外的过道里，低声对她说："你看，我们班都连续三周扛了黑旗，你能不能网开一面，放我们这一回？"

女干事吃惊地睁大眼睛说："这怎么可以？"

"哎呀，就这一次，又没人知道，除了我跟班长。我会保密的！"孙老师压低声音说。

"不行！这是原则！"

"什么原则？分数在你手上，又没其他人知道！"

"不行就是不行！"

"要真不行，你就别当学生会干事了，给我回来！"

"孙老师，您说什么呢？我可是我们班同学举手表决，投票公选到学生会的，跟您有关系吗？"

"怎么跟我没关系？我不让你去，你就去不了！"

"为什么？"

"不为什么！"

"就因为您是我爸爸？"

"对！所以呀，这点私情也不徇，是不是太不给爸爸面子了？"

"爸爸，您不是一直教导我做事要坚持原则？刚才，您还在班里跟学生们那么训话呢？"女干事噘着嘴。

"你真不给面子？"孙老师虎着脸。

"真不给。不然,我就不在学生会干了!"

"好,这才是我女儿嘛! 爸爸刚才是在考验你,看你能不能坚持原则! "孙老师突然哈哈笑了。

"爸爸,你真坏!"女干事的小拳头砸在了孙老师胸前。

孙老师悄悄往教室瞥一眼,学生们正在专心做作业。他压低声音说:"他们还不知道你是我女儿呢,要永远保密哟! "

"知道,我是凭借真本事到学生会的,又不是您开的后门! "

"好样的,敢于坚持原则,爸爸支持你! 不过,下周,哪怕你戴 5 双白手套来检查,也找不到一丝灰尘了! "

"我知道,你的班长也学会坚持原则了嘛! "

"哈哈,真聪明,不愧是我女儿! "孙老师哈哈大笑。女干事也快乐地笑了,露出雪白的小虎牙。

美丽的照片

那是一个初秋的下午,阳光明媚,天高云淡。何老师把学生带到了学校后面的山坡上。那里碧草青青,野花怒放,空气清新,视野开阔。

也许是憋得太久,学生们一到那里,都露出了孩子天真烂漫的本性。有的呼朋引伴、三五成群地在草地上追逐着,嬉闹着;有的三两个坐在草坪上聊天闲侃,不时传来朗朗笑声;有的和同伴并排躺在软绵绵的草坡上晒太阳,脸上满是惬意。

一个叫刘林的孩子,一个人孤单单静悄悄地躲在一处灌木丛旁看书。虽然接手这个班不久,但何老师清楚记得他的资料:父母离异,跟父亲生活,家庭贫困,内向,不善言辞。

见何老师走过去,他慌乱地将书藏起来。何老师笑了说:"看什么呢? 那么神秘,不能给老师看看吗?"

他紧张地看着何老师,如临大敌,片刻,见她真诚温和地笑,才慢腾腾将书递过去,是雨果的《悲惨世界》。

"这是本很好的书,我以前都读了好几遍呢。主人公冉阿让的遭际令人心酸,而他的精神多么令人敬佩呀。"何老师高兴地说,"看来,你很有品位,选的书很优秀呢!"

他欣喜而狐疑地看着何老师,仿佛不相信她说的话,片刻,吞吞吐吐地说:"高三了,以前的老师坚决反对我们读小说,我以为……"

"没关系,只要喜欢,就看吧,只是别拿到课堂上,千万不能影响学习,好吗?"何老师说。

下山前,大家合影留念。全班合影的时候,刘林远远地躲在队列的最后面。他个子矮,隐在那里如一株林中的小草。何老师连忙拉着他,并肩和他站到了队列前面。照完相,刘林又忙着躲到一边读书去了。

学生们纷纷忙着拍照。往日里拘谨的同学关系,此时仿佛被这美丽自然给熏染同化了,变得活泼起来。

照相组合形式让何老师眼花缭乱:个人的,小组的,宿舍的,男女生混合的,还有很多孩子拥着挤着争着抢着和何老师合影。

学生们兴致勃勃摆成各种造型:男生小组,姿势奇特,造型各异,活生生一幅新的八仙图;女生组合,脸凑成一簇,笑容灿烂,像一群怒放的向日葵;个体呢,有的摆出金鸡独立的武术招式,有的摆成明星亮相的大腕风范,有的依着小树将自己和自然合二为一,有的手捧鲜花将青春容颜衬托得比花儿还美。

只是,刘林一直置身事外,埋头沉浸在书里,没有同学前去邀请他照相,也没有小组热情拉拢他参加。何老师心里蓦地生出隐隐的疼痛,深深的忧虑。

呆愣片刻,何老师毅然走上前,笑着对他说:"刘林,老师请你一起合影好吗?"

他惊诧地抬起头,仿佛听着天外之音,好半天大张着嘴,狐疑地看着何老师。

"不肯赏光吗?"何老师笑容灿烂。

他终于放下书,迟疑地站起来,摸着乱糟糟的头发,嘴轻轻咧开,有了浅浅的笑。那是何老师第一次看到他的笑。那笑像一棵缺乏阳光雨露的孱弱小苗,仿佛一缕微风就能将它吹折。但他呆了一下,却又说:"老师,我怕照不好!"

"能照什么样就什么样,咱们又不是参加选美!"何老师笑了说。他再次笑了,露出了洁白的牙齿。何老师伸手轻轻捋捋他前额披拂的头发,他的剑眉和细长的眼睛亮出来,她觉得他像极了一个人。

终于拽着他站到了镜头前,何老师对围观的同学说:"大家看,刘林的脸像不像周杰伦?"大家细看,都叫起来,齐声说,像,有点像!在同学的逗笑和欢呼里,刘林快乐地笑了,留下了他很久没有的开心瞬间。

那个高三,刘林的成绩突飞猛进,是何老师始料未及的。那年高考,他竟然上了重点大学。

拿到通知书那天,他到学校找到何老师,见面好半天竟沉默着不肯说话。何老师笑了说:"祝贺你,考了好大学,还不高兴吗?"他一下子哭了,抹着泪,像受了天大的委屈,半晌说:"老师,谢谢您!"说完,塞给何老师一封信,转身跑了。

打开信，一张装裱很漂亮的照片，是何老师和他的那次合影。照片里，他笑得很灿烂。信里说，老师，我是一个不善言辞的人，但离别的时候，我一定要告诉您我一直想说的话：谢谢，深深地感谢您！就是那次在山上，您对我真诚的关注，尤其是主动和我合影留念，我感动极了！这么些年，除了母亲，没有人像您那样看得起我。高三时，我拼命读书，就是感恩那张美丽的照片，感激您的厚重恩情！老师，那照片，我留了一张，这张给您吧，我会永远记住您！

美丽的约定

　　"妈妈，你的嗓子怎么沙哑了，你病了吗？"

　　"对，妈妈前些天感冒了，还没恢复呢。对了，虽然是春天，可早晚还是有些冷，你别穿得太少了。还有呀，一定要注意营养，还有4个月就要高考了，如果生活费不够，就给妈妈说一声，我们多给你寄点钱来。梅子，妈妈和爸爸所在的厂子马上要改建，可能这半年效益不太好，你看你马上又要读大学了，咱们是不是商量一下，把以前一周一次的电话联系改成短信联系吧，那样可以节省一点电话费呢。"

　　"妈妈，我同意，不就是电话改短信吗？只要每周能和你联系，和你说说话，我就知足了。"

　　"梅子，你真是妈妈的好女儿。那就这样吧，咱们说定了，下一周，你会准时接到妈妈发给你的短信的。"

"妈妈,我听你的,你也一定得听我的,你近来怎么老是感冒呀?我怎么老听着你嗓子是沙哑的?那你也得听我的,你和爸爸要多保重,别老感冒让我操心。"

"你个孩子呀,妈妈的身体还要你操心呀。对了,咱们来个约定怎么样?"

"好啊,什么约定?"

"等你4个月后高考结束了,我和爸爸就来接你,带你到这儿来看海。你不是一直想看海吗?妈妈希望你能考出优异的成绩,能够报考妈妈打工的这座城市的大学,那样,我们一家人就可以天天在一起了,天天去看海了。"

"妈妈,你的要求也太高了吧,你要知道,那所大学可是名牌啊!"

"名牌就名牌吧,我的女儿还怕考名牌吗?凭你全校第一的好成绩,一定能够考上的,妈妈相信你!"

"好吧,我会努力的!"

从那以后,每周的那个日子里,母亲总是按时给梅子发来温馨的短信。母亲在短信里总是言语暖暖的,充满了关切。

母亲总和梅子心心相通。那次梅子考得不太理想,还没发短信告诉母亲呢,母亲就发来短信说:女儿,加油,胜败乃兵家常事,偶尔的失利不算什么,不经历风雨,怎么能见彩虹?

那段最紧张的日子里,整天考试不断,梅子感到疲惫不已时,母亲就发来短信:女儿,累了就到操场跑几圈吧。要学会劳逸结合。苦点累点是自然的,人生从来没有不付出的收获,坚持一下就过去了!

有次母亲写道:女儿,这儿的海又涨潮了,浪花翻滚,非常漂亮。等你来了,咱们一家人去看海,那多好啊。读到短信,梅子的眼前真的浮现出辽阔美丽的大海,心中充满了神往。但她马上想到了和母亲的约定,得努力考到她所在的城市,那样就可以天天看到大海了。

就这样,在和母亲的交流中,梅子顺利度过了最后的冲刺时光。

在参加高考的日子里,梅子每天都能收到母亲的短信,短信说:

梅子,你是好样的,相信自己,你一定会成功的!

女儿,放松心态,相信付出了就一定会有理想的收获。妈妈时刻为你祝福!相信皇天不负苦心人,妈妈等着你的好消息!

梅子,吃得清淡点,但不能少了营养。

梅子,哼哼小时候妈妈教给你的催眠曲,就会很快入梦的。妈妈会在梦里来看你!

梅子,昨晚妈妈做梦了,梦见你考上了清华大学!你说,怎么办,咱们不能天天看海了;我说,怕什么,咱们边读书边看海去!

梅子读着母亲的短信,笑着乐着,胸有成竹地应对了一场场考试。等到整个考试结束的时候,她笑着给母亲发了个短信:妈妈,我发挥得不错,相信我们的约定很快就要实现了!等我拿到录取通知书,你一定来接我!

母亲也发来短信说:好的,妈妈决不会食言的!

两个月以后,梅子终于在车站见到了母亲,却是躺在骨灰盒里的母亲。梅子哭得死去活来。她说:"妈妈,你怎么说话不算话呀?你不是说要带我看海的吗?"

父亲搂着梅子的肩膀,也泣不成声。

他告诉梅子,母亲的病情被发现的时候,已经是喉癌晚期,而且扩散转移了。知道自己的情况后,母亲哭了很久,她舍不得梅子。于是,为了不影响梅子上学,她便含泪设计了那个美丽的约定,并且借口说只发短信节约钱,而实际上,那时,母亲已经知道自己快不能说话了。

就在母亲弥留之际,她还在用瘦弱的手指吃力地给梅子发短信,直到停止呼吸。而那之前,她已经为梅子写下了一条条美丽的短信,让父亲在她死后按时给梅子发送,并说,千万封锁她病逝的消息,别影响梅子的学习。

父亲还说,为了遵守她和梅子的约定,母亲在临死之前,还让父亲搀扶着去了海边,并用手机拍下了她看海的镜头。她说,等梅子去看海的时候,就带着照片,也算她实现了陪伴梅子的诺言。

听了父亲的讲述,梅子哭得昏死过去。醒来后,她跪在母亲的灵位前,喃喃地说:"妈妈,我已经看到海了,那是你的那片爱我的心海……"

真 爱 无 痕

男人是一家企业的老总,拥有上千万的资产。可男人的生活很朴素,也很低调。男人唯一的爱好就是捐助善款。可男人每次捐款决不留下姓名,也决不让人说出他所在公司的名字。

那天,男人和随从人员来到偏远的西部山乡考察市场,看到那儿的孩子坐在四壁透风破败不堪的教室里学习,被冻得瑟瑟发抖,男人的眼睛当即就湿润了。男人决定在那儿盖一所希望小学。希望小学在男人亲临现场的督促下,不久就建成了。当地的老百姓无论如何要以男人的名字为希望小学命名,可男人坚决不同意,他说我修学校不为这个,只要孩子们能好好读书就够了。男人又在当地其他贫穷的村落迅速建了几所希望小学,依旧拒绝留名。

男人的举动引起了一家媒体记者的注意。那是他捐款修建的第六所希望小学落成的当天,记者赶到了现场。当镜头就要对准男人的一刹那,男人果断地避开了,他说:"如果坚持要采访,我只得离开了!"记者很奇怪,说:"别人建成学校,唯恐落不下自己的名字,你为何总是拒绝呢?"男人思忖片刻,缓缓给记者道出了一段久远的故事。

15年前,男人以一个山里娃的身份考取了一所著名的大学。可男人家很穷,穷得吃饭都成问题。学校为他减免了一切费用,但他的生活还是存在很大的困难。男人很好强,他不愿意向任何人伸出求助之手,便默默地走上了自立之路。他发现在学校捡废品,既可以卖钱补贴生活,又可以兼顾学业,很好。可那时,男人是个男孩,是孩子总有许多年少的虚荣。他只得在同学们都在食堂吃饭,都在宿舍休息的时候,才悄悄地在校园里捡废品。由于丢不下面子,他捡的废品数量总是有限,饭怎么也吃不饱。

那天,宿舍的同学说,他们要在宿舍开展比赛,谁输了谁请客。男人不敢参加,因为如果输了,他根本没钱请客。可宿舍里刚好8个人,分成4人两组,非得让他参加不可。抓阄的时候,他被分到了有室长的那一组。室长是他崇拜的偶像,不仅成绩好,打球下棋,样样都是行家。果然,第一轮篮球比赛,他们那一组就轻而易举地赢了,被另一组请到食堂,饱餐了一顿。那是他第一次吃那么好的饭菜,也是吃得最快乐的一次。

他的棋艺不精,室长就利用课余时间教他。再比赛的时候,他们组又轻松地赢了,照例又吃了顿好的。

比赛月考成绩的时候,他的心里有点虚,因为自卑,上课总是分神,室长亲自传授自己的学习方法,还在课余辅导他。当然,他们再一次赢了。

在一场场比赛中,他慢慢找回了人生的自信,学习起来也得心应手了。因为成绩好,终于获得了高额奖学金。

　　为了补贴家用,课余他依旧偷偷捡垃圾。宿舍里除了他来自农村,其他人都来自家境很好的城市,所以,宿舍里常常扔满了矿泉水瓶子。他便等他们都走了后,悄悄地打扫卫生,把瓶子捡起来,藏了去卖。

　　那一天,宿舍的同学说,要请他,因为进校以来,他一直为大家义务打扫卫生,每个人要请他一周,还说以后的卫生让他承包了,大家轮流请他客。他不好意思说出自己的真实意图,只得乖乖地被他们轮流请客。

　　有时,课余时间在校园捡垃圾的时候,他庆幸自己运气很好,总能捡到满满几大袋子废纸废书废瓶子。它们有时就成堆地藏在校园的某个角落,仿佛故意等着他去似的。有了那些卖废品的钱补贴,加上奖学金和宿舍同学的请客,他顺利地度过了大学阶段。

　　毕业离校后,从别班一个同学的嘴里他才知道,4 年里,是他宿舍的同学,和班里的同学变着法子在帮他,包括那些美丽的比赛,那些不露痕迹的请客,那一袋袋等着他捡的垃圾,都是同学们为了保护他的自尊,而给予的悄无声息的帮助。

　　知道真相的那一刻,他泪流满面,于是爱的种子在他心里悄悄生根发芽了。

　　他眼含热泪地对记者说:"我的故事已经告诉我许多做人的道理了:真正的爱就是不给对方留下一丝一毫的歉疚和伤害,它是无声无息的,没有刻意留下的痕迹。你现在明白我的心思了吧?"

　　记者感动地点点头说:"我明白了,真爱无痕!"